夜하고 섹시한

유머
드라마

은광사

머 리 말

각박한 현대사회를 살아가는 데 있어서 유머만큼 여유를 제공하는 것은 드물 것이다. 좋은 옷, 좋은 음식에 권력이 아무리 높다 한들 웃음을 잃어버린 인생이란 무미건조한 것이다.

대화 도중 간단히 위트를 곁들이는 사람에게서는 여유를 발견할 수가 있고 비록 처음 상대하는 사람일망정 오랜 친구처럼 여겨져 사회활동에도 크나큰 도움이 되는 것이 바로 유우머이다.

말은 그 사람의 인품을 나타내는 척도이며 유머야말로 인간관계를 좌우하는 능력이다. 현대는 과학이 자꾸만 발달해 가고 생활이 다양해지면서 인간의 욕구도 한이 없게 되었다.

이러한 세대에 살면서 자기 주장이나 설득력이 없다면 무능한 사람으로 취급받게 된다.

그러나 아무리 능력이 있는 사람이라고 해도 유머가 없는 사람은 상대방을 제압하지 못한다. 그렇다면 유머러스한 말솜씨는 어디에서 배워야 하는가? 그것은 오직 책밖에 없다.

유머에는 물론 여러가지가 있겠으나 이 책에서는 세계적으로 유명한 명사들의 지혜를 모아 무작위로 담았으니 독자 제현들의 비지니스에도 많은 도움이 되리란 걸 믿어 의심치 않는 바이다.

편집부

유 머
드라마

♡ 바보멍청이

방문 세일즈맨이 차가 고장 나서 농가에 묵게 되었다.

농가의 주인 왈,

「우리집의 헛간에서 자겠습니까? 막내둥이를 보호하고 자겠습니까?」

막내둥이와 함께 잔다는 것은, 애기 시중을 들게 되는 것이라고 상상한 세일즈맨은,

「헛간에서 자기로 하죠.」

다음날 아침, 귀엽고 복스러운 소녀가 헛간으로 암소의 젖을 짜러 왔다.

「아가씨는 누구지?」

「나는 이집의 막내둥이. 그런데 당신은 누구?」

「헛간에서 잔 바보 멍청이.」

♡ 궁금한 것

프랑스 여행에서 돌아온 친구에게 그의 친구가 여행소감을 물었다.

「아주, 굉장한 여행이었어. 파리에서 젊은 미인을 발견하고 택시 그림을 그려보였더니, 정확히 세느강을 따라서 드라이브로 안내해 주지 않겠어. 그래서 테이블과 의자 그림을 그렸더니, 멋있는 레스토랑으로 안내해서 술과 맛있는 요리를 잔뜩 먹었지. 그러자 그녀는 호화스런 침대를 그렸어.」

「그거 굉장하군!」

「그럴까? 난, 지금까지도 납득이 안 가는데, 어떻게 그녀는 내가 가구점의 점원임을 알아 차렸을까?」

♡ 사실은 말이야

김진사의 아들놈과 강남에 사는 황선달의 딸년이 쌍방간에 홀딱 반해버려 급해진 아들놈,

「아버님! 드디어 며느리를 보실 수 있게 되었습니다.」

「그래 그게 누구냐, 아들아!」

「황선달 댁 규수입니다.」

그런데 이게 웬일인가

「그 애만은 절대로 안 되느니라.」

「아니, 왜 그러십니까? 아버님!」

「사─ 사─ 사실은 말이다 아들아, 같은 남자니까 얘긴데 그 앤 네 누이 동생이란다.」

이에 놀라버린 아들은 그만 신경성 상사복합증에 걸렸단다. 걱정이 된 어머니가 물으니 아들놈 의리(?)도 없이,

「글쎄요, 세상에 아버지가….」

그런데 어머니 태연히 미소를 지으며,

「안심해라, 아들아! 그 앤 네 누이동생이 아니란다. 쑥스럽다만… 지금 네 애비는 네 아버지가 아니란다.」

♡ 저도 그렇답니다

모대감댁 하녀가 임신을 했겠다. 날이 가고 배불러 오니 어느덧 남산이라 이를 본 호랑이 마님…왈…,

「요년 그러게 이 마님께서 뭐라 했냐? 사내놈들은 몽땅 늑대이니 얼씬도 말랬거늘, 아휴~불결해 꼴 좋다, 꼴 좋아…! 애들 교육상도 그렇고 나나 대감마님 수준도 있고 하니 당장 보따리 싸서 나가! 아휴~불결해….」

「하오나, 마님! 흑흑 찔찔 쿨쩍-패엥~ 애를 가지는게 그리도 죄가 되나요? 마님도 작년에 애기를 낳으셨잖아요.」

「애는 큰일날 소리. 난 달라, 내가 밴 건 우리 대감의 애였으니까.」

「사실은 마님! 저도 그렇답니다.」

♡ 여기에도 없구먼

빠찡고 하러 갔던 김풍헌이 점심 먹으로 집에 오니 이런! 사립문이 왜 잠겼나? 왜 왜 왜? 심증이 간 김풍헌 문을 마구 두드렸겠다. 아니나 다를까 허겁지겁 치마끈 매며 버선발로 뛰어나오는 마누라

「이×야 나 없는 새 샛서방을 신성한 내 집에 끌여 들여?」

「무~무~무슨 말씀을. 그~그게 아니라….」

한여름에 와들와들 떠는 마누라를 지나 물증을 찾아 나선 보통 남편 김풍헌

「이놈 내 손에 잡히기만 하면… 아드드드득….」

벽장 문을 열어보았다.

「여기엔 없군.」

마루밑도 보았다.

「여기에도 없군.」

마지막으로 광문을 열자 이크! 산적같이 생긴 커다란 놈

이 눈을 부릅뜬 채 주먹을 불끈 쥐어 보이지 않는가! 이에
기가 질려버린 우리 김풍헌 이내 문을 닫으며 큰소리로
「음~ 여기에도 없군.」

♡ 의사와 현금 박치기

솜씨 좋기와 인색하기가 쌍벽을 이루는 의원이 있었단다.
어느 날 한 어린애의 병을 고쳐주자 그 어머니 감사드리며
선물을 주었는데 무엇인고 하니 비단 주머니라…
「제가 손수 만든 것 이온데 변변치 않으나 거두어 주십시
오.」
의원은 고개를 가로저으며,
「난 사례로 물건은 받지 않소. 현금 박치기가 내 신조요.」
무안해진 아이 어머니는 주머니를 도로 거두며,
「그럼 약값은 얼마죠?」
「흠, 단돈 다섯 냥이오.」
이 말은 들은 어머니 잠자코 그 비단주머니 속에서 스무
냥을 꺼내서 다섯 냥을 의원에게 주고는 나머지는 주머니
에 넣고 가버렸댄다.

♡ 혼자먹는 산나물

김부자집 여종은 몹시도 요염해 아들놈 새서방이 호시탐탐 기회만 노리다가 어느 날 여종이 혼자있자 새서방은 찬스를 잡았겠다. 한편 새아씨는 깨어보니 서방이 없는 지라 혹시나 하고 종년 방을 열어보니 역시나 서방이 수작을 걸고 있네

「으흠 기나긴 밤에 달빛은 밝고 심기가 하도 쓸쓸하여 너를 찾아 왔느니라.」

「하오나 어찌하여 서방님은 아씨를 버리시고 소녀를 찾아와 귀찮게 구십니까?」

「모르는 소리. 아가씨가 흰떡이라면 너는 산나물과 같으니 어찌 떡을 먹은 후에 나물을 버릴 수 있겠느냐.」

하고 여종에 다가드니 여종은 더 이상 거절 않고 이내 둘은 무릉도원 행이라. 보다 못한 아씨는 분을 씹으며 제 방으로 올 수 밖에, 다음날 아들내외가 김부자 사랑으로 왔는데 새서방은 식은 땀에 계속 콜록콜록

「애야 어디 아프냐?」

이에 머리를 긁적이며

「예 요즈음 좀 무리를 했더니만…병이….」

옆에서 새아가씨

「그게 모두 산나물을 너무 많이 먹은 때문이지요.」

아비가 듣고는

「어디서 산나물이 났기에 너만 먹느냐?」

하며 호통을 치더라나?

♡ 맛이 달라

방앗간집 정서방이 산너머 마을로 밀가루 배달을 가게 됐는데 산너머 싸롱에는 아가씨가 많다나? 이에 의심 많은 마나님 사전대책을 세웠는데 서방의 그것에다 밀가루를 대량으로 칠하고는

「임자! 나중에 이걸 검사할테니 노선 이탈할 생각 꿈에도 말고…알았죠?」

이에 순진한 마누라를 비웃으며 유유히 집 나선 정서방 후딱 배달을 마치고 곧장 '또왔네 술집'으로 가서 과외활동을 한 다음 시침 뚝 따먹고 집에 왔겠다. 서방한테 술 냄새가 나자 지체없이 조사에 들어간 마누라에게

「자! 보라고.」

정서방은 밀가루를 당당히 뒤집어 쓴 그것을 뽐내며 씩 웃었다.

「난 술은 먹어도 오로지 당신 뿐이라구.」

그러자 마누라는 신중한 모션으로 손가락에 묻은 가루의 맛을 보더니만 앙칼진 목소리로

「이 능청아 가루면 다야? 난 밀가루에 소금을 섞었는데 이건 싱겁잖아.」

♡ 술 값

길 가던 나그네가 주막집에 들러서는 주문하길

「주인장 약주 한 되 주시오.」

주인이 약주를 가져오자 이내 나그네는

「미안하오만 약주를 막걸리로 바꿔주시오.」

주인이 다시 막걸리를 가져오자 나그네는 단숨에 꼴깍 꿀걱-캬! 하더니 주막을 나서는 게 아닌가 세상에 믿을 놈 없다더니… 주인은 얼른 뒤쫓아 나그네를 불러 세운다.

「손님! 술값을 치르셔야죠.」

「술값? 술값이라니? (시침 뚝!)」

「방금 드신 막걸리 값 말씀입죠.」

「뭐요? 그건 약주대신 마신게 아니오?」

「네 하지만 약주 값도 안내셨는데….」

「그야 당연하지 않소. 약주는 입에도 안댔으니.」

주인은 잠시 생각하더니 이윽고 깨달은 듯

「손님이 맞습니다. 그런데 막걸리 보다 약주가 다섯냥 싸니 거스름돈을 받으셔야죠.」

「?? !! ? !…」

♡ 배은망덕

마음 착한 노부부 집에 마음 안착한 식모 순이가 새로 왔다. 근데 이웃에는 역시 마음이 안 착한 운전수가 살았다.

그래서 당연히(?) 순이는 애를 가졌다. 그러나 착한 노부부
는 말했다.

「순아 걱정말그라. 얼라는 우리가 키우마. 거럼!」

세월은 흘러 순이는 얼라를 낳았다. 노부부는 착하게 출
산비도 내고 애도 양자로 삼았다. 그리고 세월이 또 흘렀
다. 순이는 또 배가 높아만갔다. 그러나 노부부는 또

「거럼…! 얼라는 하나면 심심하지.」

세월이 또 또 흘렀다 순이는 또 낳았다. 애를, 노부부는
역시 마찬가지였다.

「뭐 난 김에 하나 더 낳으면… 좋…지 뭐…」

그런데 웬일인가 순이는 세 번째 애를 낳은 후 노부부의
집을 나가겠다는거다.

「애야 도대체 왜? 무엇 때문에 나간다는 게냐? 응!」

「전 이렇게 징그럽게 애가 많은 집에선 식모살이 못하겠
다니까요.」

♡ 콩죽시아버지

두메산골 오두막에 시아버지와 며느리가 살았는데 고부

15

간 저리가라하게 서로 팽팽한 신경전을 벌이며 살았대나 하루는 며느리가 콩을 삶아 콩죽을 쑤다가 잠시 우물가에 나갔더니 지켜보던 시아버지

「흐흐흐 때는 챤스다!」

하며 부엌으로 잠입해 들어가 먹음직스런 콩죽 한 바가지를 얼른 퍼서는 으슥한 처마 밑으로 토꼈다. 콩죽이 뜨거운지라 훅훅 불며 맛나게 먹어갈 때였다. 마침 시아버지가 없으니 며느리도 콩죽을 한바가지 퍼서 눈에 안 띄는 뒤뜰 처마 밑으로 왔다. 순간

「앗!」

「아―니!」

둘은 서로 경쟁하듯 얼굴이 빨개졌는데 며느리가 역시 순발력이 있어 민망해 어쩔 줄 모르는 시아버지에게

「저 아버님! 콩죽 드시겠어요?」

시아버지는 며느리가 가까워오자 얼른 콩죽을 모자에 담아 머리위에 올려놓으니. 콩죽물이 땀방울처럼 쏟아져 내려 눈 코 입을 따라 줄줄줄 흐르겠다 이때 시아버지 짝깔은 목소리로

「콩죽을 먹지도 않았는데 콩죽 땀이 비 오듯 하니 이거 원 견딜 수가 없구나!」

이로서 무승부가 된 시애비와 며느리는 그 뒤로 서로 이 일에 대해 노코멘트는 물론 휴전으로 들어갔단다.

♡ 술

　날씨가 한참 좋은 어느 날, 김씨 내외는 장날 술 한 동이를 팔러 나가는 데 이 둘은 알아주는 애주가라. 이번만은 절대 공짜 술이나 외상술은 안 먹기로 서로 약조를 했겠다. 한 고개 넘으니 숨차고 두 고개 넘자니 땀이 폭포수라…. 합의하에 둘은 나무 밑에 쉬는데, 김씨의 마음속엔 싹트는 술 생각이여! 허나 싸나이가 맺은 약속이기에 마나님 눈치만 보자니, 쯔쯔…. 그런데, 주머닐 뒤져보니 엽전 한 잎이 있겠다.

　「마누라 돈만내면 이 술 먹어도 되지?」

　김씨 당당히 엽전을 마누라에 넘기고

　「옛소. 두잔 몫은 되겠지.」

　카 시원한 술맛이라니! 옆에서 그저 바라만 보던 마누라

　「영감. 나두 돈 내면 영감처럼 두 글라스만큼 꺾어도 되죠?」

　「기럼 기럼! 영업용인걸 마셔 버리는거야 꼴깍.」

　마누라 얼굴이 펴지며 엽전 한 잎 입금시키고 오아시스 만난 듯 술을 벌컥 벌컥. 마누라가 마시자마자 영감은 그 돈을 마누라에게 주며

　「어이! 여기 술 두잔 값.」

　이렇게 애주가 부부답게 주거니- 받거니 하다 보니, 어느새 술은 바닥이 빤짝빤짝,

「에휴, 술이 뭔지.」

♡ 왜 그랬을까?

먹고 살자니 며칠 밤을 지새워 야근을 할 수밖에. 그런데, 갑자기 보고파지는 마누라 모습. 살그머니 집에 와보니 캄캄 암흑 절벽이 아닌가!

「밤에 누구요?」

「여보, 나야 나.」

하며 어두운 방으로 들어가 살그머니 누우려니

「아이쿠, 머리야! 아이쿠!」

「아니, 어디가 불편하오?」

「네, 전신에 열이……!」

마누라 머리에 손을 대보니 진짜 땀이 범벅이 아닌가. 얼른 일어나 불을 키려하자

「아유, 여보! 불을 켜면 머리가 더 아파요.」

캄캄 속에 엉큼엉큼 옷을 주워 입고 약국으로 달려 나오니, 약국주인

「아니 그게 무슨 옷이오?」
이사람 이상하듯 자기 옷을 쳐다보더니
「응! 이 옷은 내 옷이 아니잖아!」

♡ 뭐라고

순이가 요즘은 웬지 주인아줌마 말도 안 듣고 이젠 아주 주인 행세다. 그러니 주인아줌마 화 안나!

「애, 너 왜 그렇게 말을 안 듣니?」

그런데 웬일이니 순이는 기다렸다는 듯이

「나가라면 나가겠어요. 저도 할 말이 있으니까요. 오늘은 얘기 좀 해야겠어요.」

「그래 도대체 할 말이 무언지 해봐라.」

「남들이 그러는데요. 아줌마보다 제가 모든 게 낫대요. 얼굴도 예쁘고요. 정말에요!」

「누가 그렇게 얘기하든?」

「주인 아저씨가요.」

「그리고 모든 것이 세련됐데요. 머리형, 몸매도 아줌마보다 좋다고 아저씨가 그랬어요.」

「뭐라구 이제 아주 못하는 소리가 없구나」

「또 있어요. 사랑하는 테크닉도 아줌마 보다 훨씬 좋댔어요.」

「뭐야? 그것도 아저씨가 그러대?」

「아녀요. 건너 집 아저씨가 그러던데요.」

♡ 사또의 사인

어떤 고을에 짜고 말만 많은 원님이 있었는데 하루는 아랫사람을 불러놓고 말하길…,

「손님이 오거든 넌 내가 어디를 만지는가 내 사인을 잘 보아야 하느니라.」

「내가 이마를 만지면 상객이요. 코를 만지면 중객, 턱수염을 어루만지면 하객이니 그에 따라 상을 알맞게 차려야 하느니라.」

「예, 접수 됐구마니라.」

그런데 다음날, 손님 중에 눈치 빠른 걸로 알아주는 사람

이 찾아와 원님께 은근히 말하길

「사또 이마위에 웬 벌레가 방금 착륙했습니다.」

사또 잽싼 동작으로 이마를 쓱싹 문지르니 주방장은 상 다리 휘어지게 차려 내왔단다.

역시 사인은 잘 맞고 볼일이야.

♡ 능숙한 걸 보면 안다

신부가 첫날밤을 새우고 난 다음 신랑집 종에게 질문했다.

「너 솔직히 말해, 서방님께 쎄컨드가 있지?」

「아뇨 없습니다요. 아씨!」

「네가 감히 날 속이려느냐? 만약에 첩이 없다고 하자. 그럼 어떻게 예습도 없이 서방님께서 밤에 그리도 능숙 하시단 말이냐?」

이에 종이 민첩하게 되 받기를

「그럼 아씨는 그 능숙하심을 어떻게 아시는지요?」

「에그머니나! 얘, 우리 이 대화는 없던걸로 하자꾸나.」

♡ 임금님과 죄수

한 옛날 어떤 임금님이 하루는 감옥을 시찰하는데 전과 3범 앞에 가서 묻길

「너는 어찌하여 여기에 왔는고?」

「으흐흐…저는 진짜, 정말로 죄가 두 개도 없습니다. 그놈의 재판 때문에… 억울하옵니다. 찔끔찔끔.」

임금님은 계속해서 여러 죄수에게 같은 질문을 했으나 대답은 한결같이

「저는 알고 보면 착한 놈인데 억울하게도 그놈의 ××때문에.」

하며 결백을 주장하였다. 끝으로 임금님은 어떤 독방의 죄수에게 가서 물었다. 그러자 이 사나이는

「임금님 저는 죄를 많이 지었읍죠.」

하는 것이 아닌가. 그러자 임금님은 형리에게 명했다.

「이 사나이를 곧 석방하여라. 이자로 인해 다른 죄 없는 자들이 나쁜 짓을 배우면 곤란하니까.」

♡ 자존심

여학생이 대학의 시험을 치르는데 구두시험에서 시험관이,

「최초의 남자는 누구지?」

하고 물었다. 물론 시험관은 "아담"이라는 답을 요구한

것이지만 처녀는 분노로 얼굴이 홍당무가 되어, 잘라 말했다.

「선생님, 자존심에 속하는 문제는 대답할 수 없습니다.」

♡ 스트립 극장

15,6세의 소년이 신부에게 고해하기를,

「스트립 극장은 벌거벗은 여자가 춤을 추니 가서는 안 된다고 아버님이 엄히 금지 시켰는데 어제 그만 가고 말았습니다.」

하고 고백했다.

「그것은 잘못이지. 그래서 너는 보지 못할 것을 보고 말았겠구나?」

「네, 맨 앞줄에 제 아버님이 앉아 계신 것을 보고 말았습니다.」

♡ 자녀교육

「엄마, 나 용돈이 없어요. 아빠에게 부탁해줘요.」

「네가 직접 부탁해라.」

「왜? 지금까지 엄마가 했지 않

아.」

「하지만 말이다. 3개월 후엔 너도 결혼하게 되니 이젠 남자에게 용돈을 타는 공부를 시작해야만 돼.」

♡ 어느 임산부

어떤 부인이 아이를 낳느라고 몹시 고생하고 있었다. 남편이 그녀의 주위를 서성거리면서

「불쌍하게도! 힘들지? 모두가 내 탓이야.」

그러자 아내는 진통 속에서도 떠듬떠듬 대답했다.

「괜찮아요. 사실은 당신 때문이 아니니까요.」

♡ 양장점 주인

양장점 주인 김씨가 외상값을 몇 번이나 영자에게 독촉했으나 강적 영자는 도무지 반응이 없었다. 그는 더 이상 참지 못하고 어느 날 가게 앞을 지나치려는 그녀를 끌고 가게 안으로 들어와서

「옷을 벗어요!」

「예? 좋아요. 얼마 주시겠어요?」

그녀는 주인의 대답도 기다리

지 않고 훌훌 옷을 벗어던지고 있었다.

♡ 지혈제

신혼의 초야가 밝자 신랑이 신부에게
「당신은 처녀가 아니었지!」
「왜요?」
「그런데 피가….」
「아아, 의사에게 부탁해서 1주
일 전부터 지혈제를 먹었거든
요.」

♡ 이솝이야기

어떤 처녀가 산속을 거닐다가 자연호수를 발견했다. 갑
자기 선녀가 된 듯 착각에 빠진 처녀는 옷을 홀랑 벗고 물
속에 들어갔다. 그리고는 조심조심 목욕까지 하고 나오니
앗! 벗어 놓은 팬티가 없는 것이다.
주위를 아무리 둘러봐도 팬티는 없었다. 이때 호수에서
「쨘!」하는 소리와 함께 얘기로만 듣던 도사가 금팬티를 우
아하게 들고 나타났다.
「이 금팬티가 네 팬티냐?」
「아뇨.」
순간 이건 '나뭇군과 도끼' 스타일이다 생각하고 그렇게

대답했다.

「흠. 그럼 이 은팬티냐?」

「아닙니다 도사님.」

「그럼 이 메리야스 팬티가 네 것이냐?」

「네 맞아요. (흐흐흐 금팬티, 은팬티도 모두 주겠지!)」

「요년! 팬티 좀 빨아 입고 다녀라.」

♡ 무슨 걱정이 있겠니

어떤 부부가 5살난 딸이 잠들자 그레꼬로망형을 시작했는데. 이상한 소리가나니 곤히 자던 딸이 깨었다.

「엄마, 아빠, 어디아파? 뭐해?」

이에 부부는 당황한 끝에 그냥(?)잤다. 그러나 일은 이튿날 아침에 계속됐다.

「엄마, 아빠 다리 사이에 달려있는게 뭐야? 아빠 다리가 세 개야?」

그러자 엄마는 웃으며 딸에게

「그 물건으로 말하면 아빠의 꼬리니라.」

「으음. 알았쩌.」

얼마후 목장에서 말을 보다가 말의 그것을 움직여 빳빳이 일어나니 딸이 급히 애미에게 질문하길.

「우리 아빠 꼬리가 왜 말 다리 사이에 달려 있지?」

이에 애미가 한숨지으며 왈

「그건 말꼬리지 아빠 꼬리가 아니란다. 네 아빠 꼬리가 저 말처럼 크다면 내가 무슨 한이 있겠니? 에휴~.」

♡ 생리현상

시새움 날 만큼 다정한 연인이 있었다. 주위에서도 곧 그들이 결혼할 것이며 세계 잉꼬부부의 귀감이 될 것이라고 믿어 의심치 않았다. 한데 어느 날 이들 사이에 중대한 사태가 벌어졌다. 별일도 아닌 일을 갖고 대판 싸움이 벌어져 파혼 직전까지 간 것.

문제는 다름 아닌 남자의 코털, 어둠이 깔리기 시작한 숲 속에서 다정한 입맞춤을 나누고 있던 여자가 갑자기 놀라며

「어머! 자기 콧속은 민둥 벌거숭이잖아. 남자가 징그럽게 코털도 없어요?」

「싫어요. 우리 아기도 그러면 어떡해요. 무슨 수를 쓰세요. 자기 콧속에 털이 나기 전에는 결혼할 수 없어요.」

문제가 의외로 심각해지자 남자는 고민이 태산 같았다.

「날 때부터 그런 걸 낸들 어떻게 해. 아! 난 왜 이럴까.」

그래 고민 끝에 병원을 찾아가 의사와 상담을 한 후 이식수술을 하기로 결정했다. 그 자리에서 자신의 거기 털을 이식하고는 의기양양해 여자를 만난 것이다. 그런데 문제는 다시 엉뚱한 방향에서 벌어졌다. 이놈의 콧털이 어찌된 것인지 여자 앞에만 가면 불뚝 솟는 것이 아닌가. 눈치 빠른 여자라

「어떻게 된 일이에요. 무슨 코털이 여자만 보면 그렇게 빳빳하게 서요?」

해서 다시 병원을 찾아가 사정을 얘기하니 의사는 여유있게 수수께끼를 풀었다.

「아참! 그런 생리현상이 생기는 걸 왜 내가 몰랐을까?」

다시 궁리 끝에 이번에는 결코 빳빳하지 않은 여자의 가장 은밀한 곳의 털을 이식

「결코 빳빳해지는 일이 없을겁니다. 믿어 보세요.」

의사는 새끼손가락으로 약속까지 했다. 드디어 일이 잘 해결되었다며 기뻐하던 이들 약혼자사이에 이번에도 또 일이 벌어지고 말았다. 어찌된 일인지 한 달마다 한번씩 남자의 코 속에서 피가 쏟아지기 시작하는 것이 아닌가?

♡ 눈요기

묘령의 어떤 처녀가 약국에 들어가 기계에 동전을 넣으

며 체중을 재자 바늘은 67킬로그램을 가리켰다.

「어머, 이럴 수가 없어!」

그녀는 중얼 거리며 오버를 벗고 구두를 벗고, 그리고 다시 바지를 벗었다.

「이제 동전이 없지 않아.」

곁에 있단 한 신사가 동전 대여섯 개를 주면서

「아가씨, 이걸 하나씩 넣고 천천히 재보시지요.」

♡ 비키니수영복

잔소리꾼인 여자가 비키니 스타일의 아가씨를 붙잡고 말했다.

「어머! 얼마나 천박스러워요. 투피스수영복이라니, 원피스로 하도록 하세요.」

아가씨는 순순히

「그러면 원피스로 하겠어요. 그런데 어느쪽을 벗을까요?」

♡ 안들리잖아

여자친구가 하소연 했다.

「글쎄말야, 새로 이사간 집 벽이 너무 얇아. 우리집 얘기가 옆집에 몽땅 누설되고 있어 죽겠어.」

「좋은 수가 있어! 벽에다 두꺼
운 천을 발라 봐.」

「얘는! 그럼 옆집 이야기가 안
들리잖아!」

♡ 정직한 가정부

가정부가 손님에게

「주인아주머니께선 때마침 계시지 않는다고 말씀 하십니
다.」

손님이 말했다.

「그래. 그럼 나도 때마침 오지 않았
다고 주인아주머니에게 말해 줘.」

♡ 결혼

「여보, 25년 전의 오늘, 우리 약혼한 일 기억하고 계셔
요?」

「25년전 이라고! 이거 야단 났
는걸! 왜 진작 좀 이야기 해주지
않았어. 그렇게 오래 약혼을 끌
수야 있나. 빨리 우리 그만 결혼
합시다. 원…….」

♡ 착각

「실은 금라이타를 소매치기 당
했어.」

「아, 그래 호주머니 속에 손이
들어온 것도 모르셨어요?」

「아냐, 나는 그게 내 손 인줄 알았지.」

♡ 그래요?

출가한 딸이 궁금해 친정엄마가 하루는 불시에 검열을
왔다. 그러자 딸은 하소연에 끝이 없다.

「엄마 난 너무 너무 슬퍼. 난 불행한 유부녀야. 흑흑.」

「아니 며칠이나 됐다고. 왜 무슨 트라블 이라도 있었냐?」

「아뇨. 난 그이가 그렇게 몰인정할 줄은 꿈에도 몰랐어.」

「왜? 그놈이 네게 어쨌는데?」

「네 이놈 오기만 해봐라.」

사위가 돌아오자 장모는 전열을 가다듬고는

「자네 내게 했던 공약실행은 그만두고라도 왜 여편네에
게 그리 냉정 한가. 응?」

「저같은 88올림픽 공식 남편을 누가 뭐랍니까?」

「장모님! 말이 나왔으니 말인데 냉정하다니요. 이건 시기
에 찬 누군가의 모함입니다.」

사위가 이렇게 말하니 장모는 금새 얼굴이 펴지며

「어이구! 내 딸을 그렇게나 많이 사랑 해주나? 계속 꾸준히 사랑 해 주게나!」

격려까지 하고는 딸을 불러서는

「네 남편이 하루 밤에도 서너 번씩이나 사랑해준다는데 뭐가 불만이냐?」

그러자 딸이 놀래며

「겨우 서너 번? 난 또 밤새도록 하는 줄 알았지.」

♡ 별다른 사정

의처증이 있는 남편이 친구에게

「여보게, 내 자네에게 좀 미묘한 부탁이 있어. 나는 장사 때문에 한 달간 여행을 해야만 하거든. 그래서 그 동안에 내 아내를 잘 감시해 주었으면 해서 말이야. 만약에 별다른 사정을 눈치 채게 되면 지급 전보를 쳐주게나.」

그로부터 8일이 지난 뒤 그 친구로부터 즉시 돌아오라라는 전보를 받았다. 남편은 급히 돌아와서 그 친구에게 물었다.

「무슨 일이 일어났는가?」

그러자 친구가 설명했다.

「자네가 떠난 후 바로 한 젊은 남자가 매일 밤 부인을 찾아와 아침까지 함께 지내더라구.」

「아니 뭐야! 그걸 이제야 알려 주면 어떻게 해!」

「이 사람아 들어보게. 자네는 별다른 사정이 발생하면 지급 전보를 해달라고 하지 않았나? 그 젊은 사나이가 어찌된 일인지 어젯밤에는 나타나질 않았으니, 이거야말로 별다른 사정이구나 하고 생각했던 거지.」

♡ 먹던 찌꺼기

젊은 진사가 종년의 서방이 없는 틈을 타서 살짝살짝 종년의 방을 출입하다가 종년의 서방에게 그만 꼬리를 밟히고 말았다. 그러나 종의 서방은 젊은 진사가 제 상전이라 감히 큰 소리는 치지 못하고 기회만 엿보다가 어느 날, 호젓한 틈을 타서 젊은 진사에게

「서방님!」

「뭐냐?」

「서방님은 사람의 욕심 중에서 색하고 식하고 어느 것이 제일 중요하다고 생각하십니까?」

「그야 물론 식욕이 중하지.」

「에이 농담은 색욕이 중 할테지요.」

「어째서 하는 말이냐?」

　종년의 서방은 들어보란 듯이 고개를 옆으로 돌리면서

「아무리 식욕이 제일 중요하다고 서방님은 남이 먹던 찌꺼기까지 먹을리야 없겠지요. 이를테면 소인이 먹던.」

「에이, 듣기만 해도 구역질난다. 누가 그런 더러운 걸 먹겠느냐.」

「그렇다면 소인이 먹던 찌꺼기는 안 먹겠다면서 소인의 처는 더럽단 소리 한마디 없이 좋아 하십니까?」

♡ 그럼 잘됐네요

　옛날 옛날 시골 외딴집에 길 잃은 나그네가 찾아왔다.

「저 하룻밤만 유하면…」

「저 주인이 멀리 나가셔서… 이 근처에 달리 집이 없으니 할 수 없군요.」

사랑으로 안내된 나그네는 자리에 누웠으나 절색인 주인 여자 생각에 밤새 뒤숭숭하던 차에 들리는 소리

「저, 문 좀 열어보세요. 주무십니까?」

구슬 같은 목소리에 문을 여니 주인 여자가 홀로 서 있었다. '음 이걸 물리치면 사나이의 도리가 아니지'

「혼자…주무시기 쓸쓸하시죠?」

「네. 이 밤이 너무도…기 길고… 뭐시냐…」

파도치는 가슴에 한참 더듬는데

「잘 됐네요. 길 잃은 노인이 또 한분 계셔서요. 같이 주무시죠.」

♡ 피장파장

어떤 여인이 변호사를 찾아와서 변호를 의뢰했다.

「부인 무슨 일이신지요.」

「네, 남편과 이혼을 할려고요.」

「그럴 만한 사유라도 있습니까?」

「예. 어제 분명히 보았어요. 그놈이 모르는 여자와 영화관에 들어가고 있었어요.」

「그러나 그것만 가지고는 정확한 이혼 사유가 되지 못하는군요. 한데, 댁은 왜 영화관까지 따라가 좀 더 확실한 증거를 잡지 못했습니까?」

「나도 따라 들어갈려고 했지만 안타깝게도 그럴 수는 없었습니다.」

「왜요?」

「데이트 중이던 남자가 그 영화는 봤다잖아요 글쎄.」

♡ 겉과속

찌는 듯한 여름날이었어.

일도 귀찮고해서 낮잠 한숨 주무실려고 헛간에 갔더니 '윽? 두근 네근⋯' 팔딱팔딱 주인마누라가 요상한 포즈로 짚에 누워 자고 있잖아? 이럴 때 맴이 동하지 않는 놈 나와 보라 그래. 난 진짜 어쩔 수 없었어. 그러나 한편으론 중요한 순간에 주인 마누라가 소리라도 지르는 위급한 사태가 걱정도 됐지. 그러나 나도 사나인데 에라 모르겠다하고 주인마누라를 덥썩 안았더니 이크 주인마누라께서는

「에그머니나! 망측해라. 네 이놈 부끄럽지도 않느냐?」

「죄송허유. 마님, 그럼 관두겠시유.」

김팍새서 일어나려니 내참 별일이네

「네 이놈. 내가 언제 관두라 했느냐! 그냥 부끄럽지 않느냐고 물어보았지. 이리 오너라!」

난 정말 어쩔 수 없이 당했지 뭐.

♡ 수술해야

고명한 다와봐 박사에게 안끼꼬가 찾아왔다.

「박사님. 제 뱃속은 이상해요. 전 자주 가스를 내보내걸랑요. 그런데 도무지 가스에서 냄새가 안 나걸랑요」

「그러면 어디 어떤 건지 한번 해(?) 보시지요. 힘」

「어머 박사님도 그게 하고 싶다고 나오나요?」

하긴 그렇겠다 싶어

「그럼 방귀가 나올 기미가 보이면 곧장 병원으로 달려오시오.」

4,5일이 지나자 박사는 안끼꼰지 또끼꼰지 잊었다. 그런데 간호사가 급히 달려와 안끼꼬란 여자가 위급하다고 전했다.

「박사님 빨리, 빨리요!」

간호사는 급하게 다와봐 박사를 안끼꼬에게 안내했다.

「오 박사님! 으~나 나옵니다…음~」

안기꼬는 자못 엄숙하기까지 한 표정을 지었다. 그러자
-뿌웅! 다와봐 박사는 코를 씰룩거렸다. 그리고는

「말씀하신대로이군요. 곧 수술을 해야겠습니다.」

「어머 수-수술이라고요?」

여자는 배를 만지며 새파랗게 질렸다.

「그렇소, 당신의 코를 즉시 수술해야만 겠소.」

♡ 한번은 더 마시겠군

옛날 얘기에 많이 나오는 한정 없이 착한 아내가 있었다.
그런데 그 남편은 어제도 오늘도 술만 마시니 마을에서 누
구도 못 따라오게(?) 가난했다.

밥은 굶어도 술만을 거르지 못하던 남편은 더 이상 술 먹
을 돈이고 살림이고 없자 방바닥에서 떨어질 줄을 몰랐다.
안쓰럽고 딱하게 여긴 아내가 머리를 굴리다 못해 뒷머리

를 베어 팔아 술과 안주를 차려주니….

아내는 할 수 없이 뒷머리를 보여주었다. 아내의 머리를 유심히 바라보던 남편

「히히…, 앞머리가 남았으니 한번은 더 마시겠군!」

♡ 사실인줄로 아뢰오

어느 고을 동헌 마당에 재판이 벌어졌는데 사건제목은 부녀자 폭행. 사또가 당했다는 처녀에게 물었다.

「숨김없이 아뢰렸다. 네가 아무 날 아무 곳에서 조놈에게 당했다는데 사실이냐?」

「사실이옵니….」

「그럼 그때의 전후사정을 빠짐없이 얘기해 보아라.」

「예 사또. 조놈이 소녀를 집 근처 개울가 숲속에 끌고 가서는…. 소녀는 싫다고 몸부림 쳤으나 조놈이 훨씬 기운이 세니….」

이때 피고석의 사나이가 외쳤다.

「아니 옵니다 사또! 옷을 내린 것은 조년 이옵니다.」

「속옷을 더렵혔다간 잔소리 심한 에미한테 혼난다며 지가 자발적으루다가 거시기~.」

♡ 아주 개운해요

어느 의원 집에 새로 온 머슴은 조금 모자랐지만 일은 잘했단다. 해서, 의원은 누구에게든 이 머슴을 칭찬했단다. 그런데 어느 날,

「나으리 이상해라우. 자꾸 제 몸뚱이가 굼실거린 당게요.」

「어디가 아프냐?」

「아프진 않은 디 자꾸 요대목이 이상 시려워서….」

머슴은 수줍어하며 아래를 가리켰다. 이에 의원은 빙그레 웃으며

「난 또 뭐라구. 그 병이라면 내일 하루 읍내에 가서 색시들에게 갖다오면 말짱 해지느니라.」

「야, 알겠어라우.」

읍내색시를 왜 만날까 궁금했으나 주인의 돌봄에 으쓱해 안방마님께 이를 자랑하니 …,

「그런 일이라면 내일까지 기다릴 것도 없다. 저녁때 나리가 안 계실 때 살짝 내방으로 오게나.」

이튿날, 의원이 사랑에서 동네 사람들과 웃으며 얘기하는데 머슴놈이 그 앞을 지나가자

「저 애가 지금 내가 얘기한 녀석이오. 좀 덜 떨어졌지만

일은 잘 한다오.」

　그리고는 머슴에게

「그래 네 병은 어제보다 나으냐?」

「예 나으리. 어젯밤 마님께서 손수 고쳐 줬어라우…」

「인자 개운~항께 읍내엔 안가도 되지라?」

♡ 이런식으로

　나이든 몸종이 방에서 훌쩍 훌쩍 울고 있기에 지나던 대감마님이 그 연유를 물으니

「글쎄 돌쇠 녀석이 …. 어휴~ 망측스러워 말씀 못 드리겠어요.」

　어허~숨김없이 말 하렸다. 그 돌쇠 녀석이 어쨌다는 게야?

「글쎄 돌쇠 녀석이…. 쇤네를 뒷산 참나무 숲 속으로 데리고 가설랑은…」

「아니 뭐야? 숲속으로 저런 고얀 놈… 꼴깍. 그래서 어찌 되었느냐?」

「갑자기 저를 눕히고는….」

「껴안았단 말이지? 요렇게….」

「그게 아니오라 훨씬 더 심한 짓을 …. 에그 망칙해라.」

「아니 그럼 그놈이 치마 밑에 손이라도 넣었느냐? 이렇게 말이다.」

「아니옵니다. 더 심한 짓을 ….」

「으~음 그럼 이거로구나. 요렇게 속옷 속으로 손을… 이
랬던 게로구나.」

그러자 몸종은 그제야

「예 바로 그것이옵니다.」

「아니 뭐야? 저런 못된 놈이

고얀놈… 그래 넌 가만히 있었느냐?」

그러자 몸종은 별안간 몽둥이로 대감의 엉덩이를 후리치며

「아니요. 요렇게 혼내줬죠.」

♡ 경마

제7레이스의 모오닝 스타의 마권을 세 번씩이나 잔뜩 사
들이고 있는 사나이가 있었다. 네 번째에도 또 같은 말에
걸고 있는 것을 보다 못한 사나이가 말을 걸었다.

「여보시오 형씨. 남의 일에 간섭하는 것은 아니지만 만약
나 같으면 모오닝 스타에게 그리 많이 걸지는 않겠소이다.
제7레이스에서는 절대로 이길 수가 없을 거요.」

「그래요? 그런데 형씨는 어떻게 그것을 알지요?」

「꼭 알고 싶다면 말씀드리지. 실은 저 모오닝 스타는 내
말인데 도저히 이길 가망이 없단 말이오.」

상대방은 잠시 생각하고 있더니만 입을 열었다.

「그렇다면 그럴는지 모르지….」

하고 겨우 시인했다.

「하지만 그게 사실이라면 이건 무척 느린 레이스가 되겠는 걸? 나머지 네 마리는 내 말이거든요.」

♡ 선생님은 뭘 모르나봐

초등학교 선생님이 산수시간에 모세를 지명하고선 문제를 냈다.

「내가 만약, 너의 아버지한테 1백 루불을 꾸었는데 그 중 50루불을 갚았다면 내가 얼마나 빚지고 있는 셈이 되는가?」

「선생님이 우리 아버지한테 1백 루불을 꾸어 썼다고요?」

하고 모세는 도저히 못 믿겠다는 듯 되물었다.

「아니, 이건 문제니까 가령 예를 들어 꾸어 썼다면 하는 거야. 1백 루불 꾸었는데 50루불을 갚았다면 나머지는 얼마가 되지?」

「그렇다면 분명히 1백 루불입니다」

모세는 가슴을 펴고 자신 있게 대답했다.

「1백 루불을 꾸었는데 50루불을 갚았단말야. 잘 들어 봐. 도대체 빚이 얼마나 남았다고 생각 하느냔 말이야! (이 돌아)」

선생님은 약간 인내력을 잃고 큰 소리로 이렇게 말했다.

「그러니까 1백 루불이라니까요.」

「너는 빼기도 못하니? 이만큼 배우고도 산수를 못해?」

「아뇨, 저는 산수를 잘 하는데요. 선생님이 우리 아버지를 잘 모르고 계시단 말예요.」

♡ 써비스 걸

시골의 이발소에 브로드웨이 플레이보이가 수염을 깎게 되었다. 이윽고 매니큐어를 해주는 아주 예쁜 아가씨가 나타났다. 플레이보이는 본분에 맞게 작전을 개시했다.

「저 아가씨, 아가씨와 같은 미인과 저녁식사를 같이 하는 영광을 제게 주시면 안 될까요?」

「안돼요. 전 결혼한걸요. 일찍 집에 가야 돼요.」

「그렇다면 바깥양반에게 좀 늦겠다고 연락하면 어떨까요.」

플레이보이는 은근히 제안했다.

그러자 여자가 말했다.

「그렇다면 손님께서 부탁 해 보세요.」

「손님의 수염을 밀고 계신 분이 바로 제 남편이거든요.」

♡ 예쁜 무지개

메리에게는 남자 친구들이 많이 찾아왔는데 이상하게도 단 둘이가 되면 조용해지고 만다. 수상하게 생각한 아빠는 어느 날 밤 아내에게 말했다.

「메리를 감시하는 좋은 물건을 찾아냈다오. 그건 말하자면 텔레비의 일종인데, 손을 잡으면 푸른 등이 들어오고 키스를 하면 보라색이 나오게 되어있지. 오늘밤 남자친구들이 오면 당장 스위치를 넣어 보도록 합시다.」

둘이서 그 기구를 막 장치하고 나자 남자친구들이 나타났다. 아빠가 소파에서 깜박 졸고 있으려니 아내가 마구 흔들어 댄다.

「여보, 빨리 일어나요. 큰일 났어요. 오색 무지개가 마구 생겼어요.」

♡ 녹이 슬어서…

　사십 넘도록 토끼 같은 자식하나 없이 쓸쓸히 지내던 차에 불여우 같은 마누라가 절에 백일기도 가더니 드디어 두꺼비 같은 옥동자를 낳았는데. 그런데 뜻밖에도 어린아이 머리털이 붉은지라 이를 이상하게 여긴 김생원은 이웃마을에 사는 의원을 불러다 보이기에 이르렀다. 노서방 내외 기술(?)로는 불가능한 머리칼이라 의원은 노서방 와이프의 행실에 강력한 의심이 갔으나

「노서방께선 열흘에 한번쯤 안방에서 주무시나요?」

「에구~원 체력이 딸려서….」

「음, 그럼 한 달에 한번?」

노서방은 살레 살레

「그럼 반년에 한번?」

「글쎄 그 정도는 있었겠지요만.」

그러자 의원은 무릎을 탁치며

「하~그랬군요. 거 너무 오랫동안 안 쓰니 녹이 슬어서 그런겁니다요.」

♡ 멍청한 녀석

한창겨울 우리 뽕식이는 주먹밥 등에 지고 먼 곳에 팔러 나왔다. 산 넘고 강에 이르니 얼마나 배가 고파 주먹밥 하나 꺼내 먹으려니 물이 있어야지. 그러다가

「하여! 여기 얼음 밑에 물 많구나.」

얼음은 깨었으나 마실 그릇이 없잖아. 오래 연구한 끝에

「아참 이 물에 말아 먹으면 되지!」

우리 뽕식이 등에 졌던 주먹밥 한 덩이를 얼음 구멍에 넣었지만 주먹밥은 쑥 들어가 흔적도 없지 뭐

「엉? 이상하다. 하나 더 넣어볼까?」

그러나 결과는 마찬가지. 뽕식이는 이상도하고 신기도하고 해서 팔려고 만든 주먹밥을 하나하나…

「에이 참 이제 없잖아.」

분한 마음에 강물을 째려보니 지 얼굴이지 뭐

「음 저 놈이 내 밥을 몽땅 먹었구나. 저런 뻔뻔스러운 놈 그렇게 먹고도 모잘라 날 빤히 쳐다봐? 에라 요놈아.」

♡ 한번 더 싸요

퇴근 후 집에 가던 영자. 갑자기 일이 급해 참을 수 없어 좌우를 살핀 후 마땅한 장소를 물색, 찾는 자에겐 보이느니… 으슥한 골목을 발견, 생산을 하는데 아뿔사! 지나던 방범대원에게 포착되고 말았다.

「아-니! 아가씨 지금 뭐하는 거야? (큰소리로)」

「어머낫!」

영자는 딱 한번만 용서해 달라고 빌고 또 빌었다. 불쌍한 영자. 그러자 방범대원은 경범죄 벌금 5,000원을 요구하는 거다. 영자는 너무 너무 창피해 얼른 지갑을 여니 만원짜리 밖에 없는거다. 영자는 거슬러 주겠지 하고 떨리는 손으로 만원을 주었지. 그런데 방범대원 그냥 발길을 돌리지 않는가! 인간적으로 딱 한 번 봐줄 수도 있는 건데… 피 같은 만원을…

「이봐요! 거스름돈 안 줘요!」

「허허 그 아가씨, 아 억울하면 한 번 더 싸면 되잖소!」

♡ 마음약해서

벌써 여러번 외상을 먹고 간 사람이 오늘도 또 와서

「아저씨! 여기 냉면 하나요.」

주인은 하도 어이가 없어서

「오늘은 외상이 안 됩니다. 돈을 갖고 오셨는지요?」

이사람 주머니를 뒤지더니 뜻밖이라는 듯

「내가 오늘 또 지갑을 놔두고 왔는데… 내일 드리지요 뭐.」

적선도 하루 이틀이지 주인은 결의에 찬 눈빛으로

「오늘은 절대로 안 됩니다.」

하고 단호하게 말하니 이 손님 자리에서 일어나서

「아 그래요, 오늘은 안 된다 이거지요?」

하면서 식당을 왔다 갔다 하는 게 아닌가! 그러면서 한다는 소리가

「그렇다면 할수 없지. 우리 형님이 하던 식으로 할 수 밖에… 얍. 아라차, 훅훅 래프트」

준비운동까지 하는 것이었다. 주인이 깜짝 놀라 재빨리 냉면을 갖다 준다. 이 손님 태연하게 먹고 나서 나가려 하니까 주인이 조심스럽게

「손님의 형님은 이런 때 어떻게 합니까?」

「우리 형님 말입니까? 못 먹고 그냥 나가지요.」

♡ 너무 익었군

어떤 신랑이 장가드는 날. 신부 집에는 잘 익은 감이 있어 먹어도 먹어도 맛있는지라. 첫날밤, 색시에게… .

「오늘 점심상에 놓였던 그 맛 기찬 감은 어디서 딴 거요?」

「뒤뜰 감나무 소속 이지요.」

신랑은 색시가 잠든 후 몰래 뒤뜰 감나무에 올라갔다. 그 때 마침 장인이 사위 줄려고 감을 따러 올가미가 달린 장대를 갖고 접근 일초 전, 사위는 벌거벗은 채 나무에 꼭 붙으니 깜깜한지라 장인은 모른 채 마구 장대를 휘둘러 감을 따다가 이크, 잘못하여 사위의○○를 끌어당겼다.

신랑은 깜짝 놀라 오줌 섞인 똥을 주르륵 내갈겼다. 이 똥물이 장인의 손에 떨어지자 장인은 연시가 터진 줄 알고

「이런 아까운지고.」

그 물(?)을 핥다가 못내 아쉬워하며

「아이쿠, 이 감은 너무 익어 맛이 변했군.」

♡ 장군 멍군

　망년회랍시고 동료 사원들과 파티를 즐기던 P씨는 시계 바늘이 새벽 1시를 넘어서자 서서히 불안해지고 몸이 떨려 오고 식은땀이 나기 시작했다.

　집에서는 호랑이 같은 마누라가 잔뜩 찌푸린 상으로 이제나 저제나 자기가 들어오기를 기다리는 모습을 상상하니 도저히 그냥 있을 수 없어 슬그머니 자리를 빠져 나왔다. 새벽 1시임에도 불구하고 거리엔 온통 사람들의 물결로 가득 찼다. 택시 승차장 역시 예외는 아니었다. P씨는 속으로 탄식했다.

「쯔쯔 우리나라 큰일이다. 지금이 몇 신데 집에 들 안가고.」

　P씨는 택시를 잡으려고 안간힘을 써 봤지만 택시를 잡기가 무척 어려웠다. 평소 때 예의니, 질서니 하는 문화인들도 오늘만큼은 어떡하든지 많은 경쟁자들을 물리치고 남보다 먼저 택시를 잡느냐에만 혈안이 되어있기 때문에 순수문화인(?) P씨가 지금 상황으로선 택시 잡기가 실로 어렵고 힘든 일이었다. 그런 와중에 아가씨 한 명이 용케도 빈 택시를 잡았다.

　P씨는 기회는 이때다 싶어 잽싸게 뛰어들어 아가씨를 밀쳐내고는 택시에 올랐다. 그러자 아가씨가 어이없는 듯 한마디 툭 내뱉었다.

「햐! 다리(?)가 셋이라 빠르긴 빠르구나.」

그 소리를 듣고 가만히 있을 P씨가 아니었다. P씨도 즉각 아가씨를 향해 한 방 쏘았다.

「쳐녀가 입(?)이 두 개라 야무지기는 야무지구나.」

그러는 사이 택시가 '붕' 하고 떠나려하자 이에 질세라 아가씨가 악다구니를 쓰며 차창 안으로 소리쳤다.

「대가리(?)가 두 개나 달린 놈이라 영리하긴 영리 하구나.」

♡ 새색시의 걱정

서생원네 막내딸이 시집간지 한달만에 친정에 근친을 왔는데. 꽃 같은 얼굴에 수심이 가득이라. 가슴 철렁한 친정에미…

「아가! 시집살이가 그리 고되느냐?」

그러자 딸은 고개만 살래살래.

「그럼 몸이 불편한 게로구나.」

「아뇨, 별로 아프진 않은데 뱃속에 뭐가 들은 것 같아요. 엄니.」

「구래? 이거 큰일이구나」

놀란 부모는 암? 태기? 갖가지 상상을 하며 이웃 김박사에 친맥도 해보았으나 결과는 신체 말짱 '이상무'. 식구들의 걱정과 근심 속에 새색시의 답변 내용 이란 게… 쯔쯔,

「이상해요, 서방님이 밤에 자러올 때면 꼭 무 만한 덩이를 갖고 들어오는데요. 나갈 땐 고추만한 걸 갖고 나가요. 그 줄어든 몫은 분명히 제 몸속에 쌓여 있을 거예요. 잉! 잉! 난 어떡해.」

♡ 절대로 비밀로

치열한 격전, 임진왜란 때의 일이다. 강을 뒤로 배수진을 치고 왜병과 싸우다 한 사또가 강물에 빠져 거의 죽을 지경에 이르자 이때, 한 졸병이 쟌! 하고 나타나 강물에 뛰어들어 간신히 사또를 구출.

「아! 이제야 살았구나. 그래 네 소원이 무엇이냐! 내 목숨을 구해 주었으니 다 들어주마!」

평소에 지독히도 짜고 못되기로 유명한 사또가 큰 맘 먹고 묻자 군졸은 걱정되는 표정으로,

「사또, 소인은 아무것도 바라지 않습니다. 단지 한 가지 제가 사또를 구해 드렸단 말을 절대로 비밀로 해 주십시오.」

「아니 왜 선행을 감추려하느냐?」

「저… 다른 군졸들이 그 사실을 알면 소인은 몰매를 맞아 죽고 말 것입니다요. 제발 비밀로 해 주십시오. 예?」

♡ 주두나무 궤짝

노첨지는 딸을 몹시도 애지중지 했다. 그래서인지 사위 고르는 테스트 방법이 유별나게 이상했는데 주두나무 궤짝 속에 쌀 쉰다섯 말을 넣고는

「①이 궤짝의 재료는 무슨 나무?」

「②이 안에 쌀은 몇 말?」

「위 문제를 알아맞히면 내 딸 주지롱!」

이러했다. 각처에서 예비고사를 패스하여 본선에 이르는 총각들이 이 대목에 오면 머리만 긁적이다 물러서니 금 같은 시간만 흐르고 딸은 자꾸 쓸데없이 나이만 먹었다.

꽃다운 나이에 할 일없이 합격자만 기다리다보니 신세가 처량해진 딸은 기다림에 지쳐 어느 장사꾼에게 그 해답을 일러주었다. 쯔쯔, 시집이 그리도 가고 싶은지. 그 장사꾼이 집으로 찾아와 그대로 대답하니 늙은 노첨지는 똑똑한 사위 얻었다고 좋아하며 그날로 딴! 딴! 다! 다! 혼례를 치러주었단다.

노첨지는 똑똑한 사위 덕 좀 보려고 어려운 일 중요한 일이 있을 때 마다 대동. 어느 장날, 팔려나온 소를 평가하게 하자, 사위가 뽐내며,

「주두나무 궤요.」덧붙여

「쉰 닷 말을 넣을 만 합니다.」

놀란 노첨지, 화를 벌컥 내며

「아니 뭐야? 이게 '소'지 어찌 '궤'야?」

아내가 이를 듣고 귀 띰을 한다.

「서방님! 그럴 땐 소의 입술을 뒤집어 보고 꼬리를 들고 새끼를 잘 낳겠나를 보아야지요.」

다음날 장모가 병이나 사위를 불러 보라하였더니 사위가 다가가 장모의 입을 뒤집어 이를 세어보고는

「이 가 젊구나!」

또 이불을 걷고 뒤를 보고는

「음 새끼를 잘 낳겠어!」하더라나.

♡ 뒤쪽냄새

순진한 장사치가 장가를 들더니 마누라 치마폭에 싸여 잠시도 와이프 곁을 떠나지 않았다. 이렇게 지내기를 한 달

「여보, 저 때문에 장사도 안 나가시면 되나요?」

「내일부턴 세일즈 나가세요. 네?」

이에 동의한 장사치 내일 아침에 장사 떠나기로 작정을 했는데 아내와 떨어질 걸 생각하니 눈앞이 아득 혀라

「저, 색시. 그—그것 말야 그걸 쪼—금만 뽑아주면…」

「몰라 몰라 망측도 해라.」

어쩌구 하면서도 조금 뽑아서 남편의 옷에 주머니를 만들어 넣어주는 女心

다음날 장사치는 멀리 객주집에서 밤을 맞아 몰래 주머니를 꺼내 상상의 나래를 펴는데

「음냐…색씨… 나 이뻐?」

이때 한방에 묵을 손님으로 소경이 들어왔겠다. 장사치 심심하던 차에 소경에게 장난을 걸었다.

「여보시오. 이 주머니 속에 뭐가 들었겠소?」

소경은 주머니를 받아서 코에 대고 한참 킁킁거리며 나름대로 과학적으로 조사하고는

「이보시오. 다음엔 부인에게 좀 더 위쪽에서 뽑도록 이르시오. 이건 약간 뒤쪽 냄새가 가미되어 상품이 아니오이다. 험.」

♡ 귀신같군

친구 세 명이 간만에 만나 술집에 갔다. 부어라 마셔라를 계속하다 보니, 문득 장난을 하고 싶었다.

마침 사장의 옆에 있던 아가씨가 화장실을 가자 사장은 반쯤 빈 맥주병에 자연산 음료수(?)를 넣고는 흔들었다.

화장실에서 돌아오자 아가씨는 꼴깍꼴깍 잘도 마시면서 한다는 소리가

「사장님이 따라 주셔서 그런지 맥주 맛이 무척 달아요. 호호호…!」

하며, 호들갑이 아닌가! 이에 사장은 얼굴이 사색이 되어 급한 일이 있다며 눈썹을 휘날리며 병원으로 뛰었다. 친구들도 덩달아 웬일인가 싶어 졸졸 따라 병원에 왔다. 의사는 검사를 해보더니 물었다.

「당뇨병에 걸린 줄 어떻게 아셨습니까?」

사장이 술집에서의 얘기를……

「나보다 나은 명의가 바로 그 아가씨 아닌가 하오.」

♡ 얼른해요 얼른

　해 저문 겨울날밤 농부내외가 사는 집에 젊은 나그네가 찾아와 하룻밤 묵기를 청하니 사정을 딱히 여겨 허락하였다. 손님에 대한 매너가 있는지라 저녁밥을 차려주니 나그네는 5초 만에 뚝딱 염치도 좋지 한 그릇 더 청하는 것이었다.

　농부의 아내가 남은 밥을 더 주니 나그네는 그것도 단숨에 해치우고도 아쉬운 표정을 하고 있었다.

　이윽고 밤이 깊었는데 농부의 집은 방이 하나라. 농부내외와 나그네가 동숙을 할 수밖에. 밤은 깊어만 가나 농부의 아내는 딴 생각에 잠이 와야지 나그네의 용모가 씩씩하고 기골이 장대해 천하장사와 같으니 자꾸 딴 생각이 났다. 지행합일의 이치에 따라 아내는 밤중에 슬며시 나가 외양간의 소를 풀어 놓고는 곤히 잠든 남편을 깨우며

　「여보, 외양간에 도둑이 들었나 봐요. 자꾸 소리가나요.」

　불쌍한 농부 소 잃을세라 뛰어나갔다. 그러자 아내는 이때다 하며 나그네에 다가누워 소근 거렸다.

　「얼른해요. 얼른!」

　그러자 나그네 희색이 만연해서는

　「금새 들어오는 거 아니요?」

　「걱정은 괜찮대두 빨리해 어서!」

　이에 나그네 침을 흘리며 급히 일어나 부엌을 향해 뛰어

나가더란다.

♡ 자라목을 던지는 벼슬아치

옛날, 색을 무척 즐기는 벼슬아치가 있어 그는 기생집을
화장실 드나들 듯 했다한다. 그러나 그의 부인의 질투가
보통이 아닌지라 벼슬아치는 자라 모가지를 하나 얻어 들
어왔다.

그 아내가 또다시 강짜를 부리며 방에 쫓아 들어오자 이
벼슬아치가 벌컥 화를 내며

「사나이가 투기를 당하는 건 다 이 한 물건 때문이니, 이
물건 아니면 얼마나 홀 가분 하랴.」

하며 은장도를 꺼내어 페인트 모션으로 그것을 베는 척
하고 자라목을 뜰에 던졌다. 이에 그의 아내, 경악을 하며
통곡을 한다. 이때 마침 유모가 뜰로 뛰어나가 신중히 던
진 물건을 검시하더니

「아씨는 걱정을 거두시오. 이 물건은 눈이 둘이오 빛깔도
알락달락하니 반드시 주인의 것이 아니오.」

이렇게 판정을 내리니, 그의 아내 금방 웃으며 다시는 질투 안하기로 선서했단다.

♡ 신의를 어겨도 같이 매 맞는다

김 서방이 홀로 산길을 걷다가 한적한 다리 밑에서 풀을 뜯고 있는 암말을 보았다. 순간 솟구치는 생각을 참지 못하고 다리 밑으로 달려가 말과 함께(?) 일을 벌렸다.

이때 불행이도 목격자가 있었으니 이 서방이라…

사회적 지위와 체면이 있지, 김 서방은 얼굴이 홍당무가 돼서는 이 서방에게 사정사정…

「저! 당해보면 알겠지만 거 뭐랄까 인간적으루다 옛수 다섯 냥.」

그러나 입은 말 하라고 있는 것. 이 서방은 온 동네에

「자네니까 얘긴데.」 어쩌구 하며 다 불었으니…, 화가 난 김 서방 관가에 고발을 하니 명 판사 사또 왈.

「산속에서 말과 간통하니 풍속 혼란 죄, 뇌물을 받고도 계약을 어기니 심뽀 불량 죄.」

이래서 둘은 곤장 팔십대라. 듣는 이들이 모두 통쾌히 웃
느라구 볼일을 못봤다나.

♡ 여자복이 없다

톰이 친구에게 자기는 정말 지지리도 여자 복이 없다고
투덜댔다. 이에 친구는 그 방면에 선배로서 묘수 하나를
알려주었다.

「저녁 늦게 말야. 웨스트포오트 역에 가보게. 그럼 통근
버스를 놓친 남편을 기다리다 지친 여편네가 한둘은 틀림
없이 있을 거야. 바로 그때 자네가 그 화나고 지친 여자에
게 접근하라 이거야.」

톰은 그 친구에게 거듭 감사하며 그 이튿날로 그곳으로
향했다. 기대로 들떠 있다 보니 새로운 아이디어가 떠올랐
다.

「가만! 꼭 거기까지 갈 필요가 없잖아! 역은 이곳 가까이
에도 있고 기다림에 지친 여잔 여기도 많을테구, 음 여기
에서 낚시를 해봐?」

이윽고 남편들이 쏟아져 나와 둘둘씩 모두 역을 떠났는데 한 미녀만이 톰을 위해서 인듯 홀로 남아 있는 게 아닌가! 톰은 이윽고

「아가씨, 홀로 서 있기에 이 역은 너무도 넓군요.」

두 사람은 식사를 하고 와인을 꺾고 춤을 추고는 저 높은 고지를 향해(?) 가고 있는데 이게 웬일인가 그녀의 남편이 들이 닥친 것이다.

남편은 눈에 불을 키고 도망치려는 상대 남자를 추격했는데,

「아니! 너 톰! 이 도둑놈아 남의 마누라를 감히! 임마! 내가 웨스트포오트라고 했지. 언제 스탠포오드랬냐? 으이그~」

♡ 따불로 하거든

장 노인은 영웅도 아닌 주제에 술과 여색을 몸이 축나도록 좋아했다. 보다 못한 친구가 해주는 말

「여보게 이젠 몸도 돌보게나. 그렇게 취한 채 그 짓을 하면 아주 해롭다네.」

장 노인 빤빤한 얼굴을 가로저으며,

「전혀 걱정 말게나. 난 프로거든!」

「아니 무슨 비책이라도 있나?」

「설사 취해서 오장육부가 뒤집힌다치세 허나 난 언제나

그것을 따불로 하거든. 그러니 뒤집힌 것들이 원위치로 된다 이거야. 어떤가?」

♡ 거스름 돈

노총각 클럽에서 하나가 최근 장가를 들어 친구들이 몰려와 축하를 해주었다. 그런데 웬일인지 신랑의 표정이 근심에 찬지라, 친구들이 묻자….

「아! 정말 고민돼 크~」

「왜 그래? 신부가 이상해?」

「음, 사실은 결혼한 이튿날 잠자리를 나오면서 신부 베갯머리에 다섯 냥을 놓고 말았어.」

「낄낄낄. 버릇 들통 나 되게 혼났겠군!」

「그게 아냐.」

「그래? 그럼 신부가 순진 하군. 무슨 뜻인지 몰랐단 말이지?」

「아냐. 그게 이상해. 신부가 잠결에 자연스럽게 세 푼의 거스름돈을 주는 거야.」

♡ 제가 아니고

이제 결혼한 젊은 새댁이 하루는 병원을 찾아가서

「선생님 수면제 좀 주세요.」

「올해 나이가 몇이나 되지요?」

「금년 25살 이예요.」

「그러면 결혼은 하셨나요?」

「네, 이제 2달이 가까워요.」

의사는 한참을 생각하더니 이상하다는 듯이

「아니 결혼한지도 얼마 되지 않았는데 벌써 수면제를 먹어야할 정도 인가요?」

새댁은 오히려 이상해 하며

「선생님 그러면 잠을 못자는 것이 당연 한가요? 2개월째 잠을 못자고 있어요. 전 너무너무 피곤해요.」

「그래요? 그러면 어디 진찰을 해봐야겠군요.」

새댁이 깜짝 놀라며

「선생님, 수면제는 제가 먹을게 아니예요.」

「아니 그러면 누가 먹을 것입니까?」

「저, 저-우리 그이에게 먹여
야겠어요. 아 글쎄 결혼을 해
서 오늘까지 한숨도 못자고 있
으니까 그이를 재워야 저도 잘
수가 있거든요.」

♡ 혼내는 이유

부인이 휴일 날 고등학교 2학년에 다니는 아들 방을 청소하려고 책상 서랍을 열어보았다.

「아니! 이럴 수가!」

깜짝 놀라 서랍을 닫고 정신을 가다듬고 나서 다시 서랍을 열어 보았다.

「여보 이거 큰일 났어요」

이에 남편이 하던 일을 멈춘다.

「아니 도대체 무슨 일인데 그렇게 호들갑이요」

하니까 이 부인 들고 있던 사진을 내밀면서

「아, 글쎄. 이것 좀 보세요. 어린 녀석이 벌써부터 이런 사진을 갖고 다니니, 어처구니가 없어 말도 안 나오네. 오늘 저녁에 녀석이 들어오면 야단 좀 치셔야 되겠어요!」

남편은 그 사진을 한 장씩 유심히 보더니

「아니 이럴 수가? 배신자…」

「정말 단단히 혼내야겠죠?」

「그래 이 녀석 된통 야단 좀 쳐야겠어.」

「뭐라고 혼낼 거예요?」

「이렇게 멋진 사진을 갖고도 내게는 보여주지도 않았다니.」

♡ 별꼴 다보겠네

처녀가 아이를 낳았다. 그러니 우물가에 모인 아낙들이 얼마나 할 얘기가 많은가!

「애그! 망측해라. 애비는 누구야?」

「끔찍도 하지, 처녀가 웬일이야?」

「나 같으면 창피해서 못살아!」

아낙들은 맡은 바 본분(?)에 충실 하느라 처녀가 오는 줄도 몰랐다.

「창피하지도 않나? 도망이라도 가서 살든지 우물에라도 빠지든지 어쩜 그리 얼굴이 두꺼울까?」

이때 처녀가 다가와 하는 말

「별꼴이야, 자기들은 3년이 멀다고 하나씩 낳아 부치면서 내가 처음으로 애 하나 난걸 가지구 호들갑이야 뻔뻔스러운 건 누군데!」

♡ 이만하면 되겠나

어느 소작인의 딸이 아버지께

「아부지! 지주 댁 작은 아들이 아무것도 모르는 날 꼬여설랑 나도 모르는 사이 애기를 가졌어요 으앙~」

이에 열불난 애비, 이를 아드드득 갈며 몽둥이를 들고 작은 아들을 찾아갔다. 이에 지주아들, 태연히

「아아 그런다고 해결 될 일이 아닐세. 자네 딸이 아들을

낳으면 논 열마지기, 딸을 낳으면 논 다섯마지기. 어떤가
뭐 이만하면 불만 없겠지?」

  에구 돈이 뭔지 아버지는 금방 얼굴이 풀어지며

  「도련님! 만약에 유산이 되거든 미워도 다시한번이라구
다시한번 부탁합니다요.」

♡ 여행안내

  미국인 관광객이 카이로에서 안내원에게 물었다.

  「저 탑은 무슨 탑이요?」

  「카이로 타워라고 해서 카이로에서 제일 높은 탑입니다.
맨 꼭대기는 천천히 회전되어서 카이로의 경치가….」

  「흥, 엠파이어 스테이트 빌딩은 말야 빌딩이라도 저것보
다 높은걸 뭐 시시하군!」

  다음에는 카이로 박물관에서,

  「여기에는 5천년의 이집트의 역사가 간직되어 있습니다.
가장 훌륭한 물건인 투탄카멘 왕의 황금 마스크는….」

  「이게 뭐야. 어두컴컴해서 마치 골동품상점 창고 같잖아.

뉴욕의 박물관은….」

카이로 중앙 역전 광장에서,

「여기 서 있는 것은 제 19왕조 람세스 2세의 상으로서, 높이가….」

「그만, 됐어. 자유의 여신과는 비교도 안돼.」

있는 대로 열 받은 안내원은 마지막으로 기이자의 피라밋으로 안내했다.

「야아, 이게 뭐야. 뉴욕에서는 볼 수 없는 것인데.」

「글쎄요, 뭔지 모르겠는데요? 어제 다른 미국 분을 모시고 왔을 때는 아무것도 없었는데….」

♡ 초조림의 효과

유태 요리의 레스토랑은 코오샤 레스토랑이라 한다. 뉴욕의 한 코오샤 레스토랑에 어느 날 뚱뚱하고 키가 큰 아일랜드인의 경관이 들어왔다.

주인인 시몬이 나가자 경관이 물었다.

「도대체 유태인은 어째서 그렇게 골(두죄)이 좋은가? 무슨 비밀이라도 있겠지? 있으면 좀 가르쳐 주오.」

거만한 경관의 태도에 시몬은 그 좋은 머리로 놀렸다.

「유태인의 머리가 좋은 것은 매일 밤 초조림의 청어를 먹기 때문이죠.」

그로부터 경관은 매일 밤 어김없이 여섯시에 나타나 초조림의 청어를 먹었다. 쯔쯔쯔 얼마나 머리가 나쁘길래. 그러나 그로부터 6개월째가 되는 어느 날, 경관은 들어오자 여느 때와 같이 초조림의 청어를 주문하는 것이 아니라 곧장 시몬한테 다가왔다. 보니까 입술은 분노로 해서 깨물고 있었다. 말하는 그의 목소리도 떨고 있었다.

「당신은 이제까지 나한테 초조림의 청어를 한 접시에 40센트씩 받아왔는데 밖의 메뉴를 보니 25센트씩 하잖나! 그러니까 여태 것 나를 속여 왔단 말이지!」

그러나 시몬은 당황하지 않았다.

「내가 뭐래요, 그게 초조림의 청어 효험이 나타난 증거라구요. 많이 발전했수다 경관나리!」

♡ 아프리카인

　야자수 나무 아래에서 우아하게(?) 휴식을 취하고 있는 아프리카인에게 지나가던 미국인이 말을 걸었다.

「아니, 도대체 무얼 하고 있는 거요? 그런데서 한가롭게 앉아서 말이오. 어째서 부지런히 밭을 갈거나 광산을 파거나 해서 시가지를 만들지 않는 것입니까?」

　아프리카인은 의외라는 듯 되물었다.

「무엇 때문에요?」

「무역을 하기 위해서죠.」

하고 미국인은 대답했다.

「무엇 때문에 무역을 하는가요?」

하고 의아한 듯 아프리카인이 물었다.

「그야 물론 돈을 벌기 위해서요.」

「그까짓 돈이 무슨 소용이 있는가요?」

「돈이 있으면 여가를 얻을 수 있어요」

「여가를 얻어 무엇에 쓰는가요?」

「여가가 있으면 휴식을 할 수가 있지 않아요.」

「어째서 그런 일을 하지 않으면 안 될까? 난 그렇게 힘들이지 않아도 이렇게 잘 휴식하고 있는데 말이오.」

♡ 겁이나요

어떤 가난뱅이가 시장기를 참지 못하고 만두가게 앞에서 큰 소리를 지르며 일부러 땅에 쓰러졌다. 만두가게 주인이 깜짝 놀라 그 까닭을 물었더니

「나는 어째서인지 만두만 보면 겁이 나서 기절을 한다오.」

호기심이 난 주인,

'흐흐흐, 심심한데 잘 됐다. 어디 혼 좀 나봐라' 주인은 짓궂은 생각을 하고 몇 십 개의 만두를 놓아 둔 방 안에다 그를 가둬 놓았다. 그런데 방 안이 하도 조용하고 아무 소리도 나지 않기 때문에 얼른 문을 열어 보았더니 어느 틈에 그 많은 만두를 반 이상이나 먹어 치우고 있었다.

「어? 이거 얘기가 틀리잖아 어떻게 된 거야?」

「무슨 까닭인지 갑자기 겁이 나지 않게 되었소.」

화도 나고 아쉽기도 한 주인.

「그럼 또 겁나는 것은 없나?」

하고 물었더니 가난뱅이는 대답했다.

「별달리 겁나는 것은 없지만 이젠 보리차를 두서너 잔 주시면 겁이 날게요.」

♡ 당신 걱정은 아니요

　김은 박에게 웬수 같은 빚이 있었다. 그런데 그 기한이 내일. 박은 3일전부터 다짐을 해오는데 김에겐 5만원도 없었다. 그러나 김은 전부터 박에게 공언해 왔다.

　「소심하기는! 날 안 믿으면 누굴 믿나.」

　박은 내일 지구가 멸망하지 않는 한 찾아올 것이다. 불쌍한 김은 밤새 방안 일주를 거듭하니 그 와이프

　「도대체 왜 그러세요?」

　「음 박한테 꾼 돈 말야. 그것 때문에….」

　「그래 갚을 돈 있어요?」

　「있으면 내가 이러겠어?」

　「그렇다면 편하게 주무세요. 그 돈 때문에 밤새 잠 못 이룰 사람은 박씨 잖아요! 안그래요?」

♡ 내 잘못이야

　어린 처녀가 시집을 가서 하루는 빨래를 삶고 있는데 솥에서 이상한 냄새가 나는 것이었다. 깜짝 놀라서 솥을 내

려놓고 보니 솥 밑에 시아버지의 바지가 누렇게 타고 있었다. 큰일이었다. 때마침 마을에 갔던 시어머니가 돌아와 어쩔 줄 몰라 하며 울고 있는 며느리를 보았다. 이에 시어머니가 연유를 물어보니 며느리는 빨래 태운 일을 말하며 용서를 빈다.

「아가, 그건 내가 잘못한거야. 늙은 것이 빨래 삶는 날은 집안에 앉아서 불이라도 좀 봐줘야 하는 건데, 내가 잘못했구나」

하며, 오히려 달래주는 것이었다.

이렇게 시어머니가 며느리를 달래주고 있는데 아들이 들어왔다.

「아니 왜들 그러세요? 무슨 일이라도 있어요?」

분위기가 이상한지 아들이 그 까닭을 물었다. 이에 어머니가 모든 사실을 얘기해주자. 아들이 그 이야기를 듣고는,

「아침에 바쁜 일이 있어서 물을 조금만 길어다 놓았더니 그렇게 되었군요. 잘못은 내게 있으니 그만 울어요. 부인.」

그리고 물동이를 들고 밖으로 나갔다. 그때 마침 시아버지가 들어오다가

「새아기가 우는 것을 보니 당신이 무슨 야단이라도 쳤던 모양이구료!」

「야단은요. 이러구 저러구☆△~ 이렇게 된거라구요.」

이어 시아버지가

「아가, 울지 마라. 내가 늙어 힘에 겨워서 장작을 굵게 팼더니 그렇게 되었구나.」

「장작이 너무 굵어서 그렇게 된 것이니 그것은 내 불찰이다. 그만 울거라.」

하고 말했다 한다.

♡ 글쎄요

부산을 가려고 서울역에서 표를 사서 자기 자리를 찾아갔더니 그 옆 좌석에는 어떤 아리따운 아가씨가 미리 앉아 있는 게 아니겠어? 부산까지는 심심하지는 않겠구나 생각하고서 자리를 잡고 앉았지. 말을 붙여야겠는데 이 아가씨 창밖만 내다보고 애타는 이쪽은 쳐다보지도 않는거야. 난 점점 답답해져서 죄 없는 담배만 연거푸 피어 대기만 했어. 무슨 수가 없을까? 한참 묘수를 찾고 있는데, 기차가 대전쯤 갔을 때 이 아가씨가 일어나더니 밖으로 나가 버리는거야.

「젠장 이제 다 틀렸구나.」

투덜대면서 담배만 피우고 있는데, 이 아가씨 다시 들어와서 자리를 잡는거야. 그것도 날 보더니 살짝 미소를 던지기까지 하니.

「아! 천사의 미소가 저럴까.」

속으로 '이 여자가 날 싫어하는 눈치는 아니구나. 그럼, 내가 누군데' 하고 헛기침을 몇 번하면서 접근을 시도했지.

「저~ 아가씨— ..」

하니까 이 여자도 얼른 내 얼굴을 쳐다보는 거야. 용기를 얻고 난 수작을 걸었지.

「아가씨 이제 보니까 제가 어디선가 많이 뵌 적이 있는 것 같은데…. 혹시 전생에서…?」

남자는 왜 이래야만 할까도 싶었지만…. 난 초조히 다음 반응을 기다렸지. 그런데 이 여자 하는 말씀.

「글쎄요. 그럴 리가 없을 거예요. 저는 여태까지 한 번도 다른 사람에게 내 얼굴을 빌려준 적이 없거든요.」

♡ 이제는 알겠지

남자가 하루가 멀다 하고 매일같이 술 먹고 들어오니 여자는 이제 더 이상 참을 길이 없어 하루는

「여보! 이거 정말 너무 하시잖아요. 허구한 날 술을 자시고 들어오니.」

여자가 흥분된 어조로 말하자 술에 취한 남편이

「부인! 난들 뭐 좋아서 마시는 줄 알아?」

하고 대답하니 더 화가 난 부인

「아니, 좋아하지도 않는 술을 왜 그렇게 마셔요?」

남편이 이 소리를 듣고 있다가 손에 들고 있던 소주를 부인한테 건네주면서

「자, 그러면 부인이 직접 한번 마셔 보구려. 이게 얼마나 고통스러운 작업인가.」

부인이 홧김에 소주를 한잔 홀짝하니 가슴이 울렁대는지 금방 토해버리며 몹시 고통스러워 했다. 이것을 본 남편이

「그것 보라구. 내가 얼마나 고통스러운 일을 하고 있는지 이제 알겠지? 이런 건 마셔서 없애야 한다구.」

♡ 훈계

어떤 영국신사(자칭)가 아들과 클럽에 갔다. 자기는 독한 술을 마시고 아들에겐 음식만 먹였다. 식사가 끝나자 애비는 아들에게 말했다.

「너는 내 아들이니까 이런 말 해 주는 거다. 사람의 못된 버릇 중에 가−장 못된 게 술 먹고 취하는 거다. 알았니?」

「애야, 저 사람 얼굴 좀 봐라. 얼굴이 시뻘건 게 보기 싫지?」

「왜 그럴까요? 아버지.」

「음 그건 술이 과해서이지. 저 지경이면 제가 하는 짓도 모르지. 손발이 풀리고 눈은 동태눈에…」

「예를 들면, 자−여기 술병이 두 개 있잖니. 근데 저런 사람 눈엔 네 병으로 보인단다.」

「그런데 아버지, 여기는 술병이 하나 뿐 인데요.」

♡ 두부와 생선

어느 사내가 손님에게 식사 대접을 하면서, 두부밖에 내놓지 않고는,

「나는 두부를 목숨보다도 좋아해서요. 이처럼 맛있는 것은 없습니다. 자, 어서 어서…….」

하며 권한다. 그 뒤, 사내가 그 손님의 집으로 갔더니, 손님은 사내가 두부를 좋아한다는 것을 기억하고 생선에 두부가 섞인 반찬을 내놓았다. 그랬더니 사내는 두부에는 젓가락도 대지 않고 생선만 열심히 먹으므로 손님은 이상하게 생각하고,

「당신은 요먼저, 확실히 두부가 목숨보다 좋다고 하셨는데, 오늘은 왜 생선만 잡수시고 즐기는 두부는 안 드십니까?」

하고 물었더니 사내가 하는 말이,

「아닙니다. 생선을 보니까, 이젠 목숨도 필요치 않게 되었습니다.」

♡ 그녀의 고백

어느 총각의 집에 젊고 아름다운 아가씨가 몰래 숨어 들어오게 되었다.

「부끄러운 말씀이오나 저는 벌써부터 당신을 사랑하고 있는 몸입니다.」

총각은 너무 황송해서,

「네? 그게 정말입니까?」

「그럼요. 뭣 때문에 거짓말을 하겠어요. 저의 부모님께서도 당신에게 출가 한다면 기꺼이 보내 주시겠다고 승낙하셨답니다. 시녀도 하나 달려 보내 주시겠답니다.」

아내와 시녀를 한꺼번에 얻게 된 총각은 하루 내내 기쁨에 넘쳤다.

「그런데 아가씨는 어느 댁 규수지요?」

「바로 이 근처예요. 우리 집 재산은 3백만 불쯤 되는데 저는 무남독녀라 모두 지참금으로 가져오게 되었습니다.」

「뭐라구? 3백만 불을 ……」

총각은 갑자기 찾아온 행운에 정신을 차리지 못하고 또 한번 놀랐다. 순간 수염투성이의 꾀죄죄한 늙은이가 마당으로 불쑥 들어서면서,

「여기 있었구나. 그만 속을 태우고 어서 집으로 돌아가자!」

하고 그녀의 손을 잡아끌었다. 그리고 멍청스럽게 서있

는 총각을 향해 씁쓰레 웃어 보이며,

「이 애는 내 딸인데 머리가 좀 이상하다오. 그럼 이만 실
례하겠소이다.」

♡ 인형과 아기

어린 송이가 장난감 유모차에 인형을 태우고 밀고 가는
장난을 하는 것을 보고 엄마가 웃으면서 물었다.

「애가 네 아기니?」

「아녜요. 이건 인형이에요」

송이는 이렇게 대답하고 나서 작은 목소리로 덧붙였다.

「인형이 아기보다 말썽을 덜 부리죠.」

♡ 똑똑한 아이

처음 유치원에 간 송이가 돌아오자 엄마가 물었다.

엄마: 오늘은 뭘 배웠니?

송이: 아무것도….

엄마: 뭐?

송이: 어떤 언니가 와서 '바둑아 바둑아 이리와'를 쓸 줄 모른다 길래 가르쳐줬지.

♡ 말하는 것도 귀여워

귀엽게 생긴 송이가 버스에 탔다.

옆에 앉은 아저씨가 꼬마에게 물었다.

「넌 참 예쁘게도 생겼구나. 혹시 생일은 언제인지 아니?」

그러자 송이가 창피하다는 듯이 고개를 흔들면서 말했다.

「몰라요. 너무 어릴 때라서 기억이 안 나요.」

♡ 무거운 짐

연예인들이 공연차 배로 제주도를 가고 있었다.

바다 한 가운데에서 배가 태풍을 만나 곧 뒤집힐 우려가 생기자 선장은 배에 탄 연예인들을 향해 이렇게 말했다.

「여러분! 미안하지만 무거운 물건이나 중요치 않은 것은 바다 속에 던지십시오. 배를 가볍게 하지 않으면 가라앉을 위험이 있습니다!」

하고 말했다.

그러자 최진실이 이렇게 말했다.

「선장님, 방실이 언니만 없으면 배가 가벼워지겠지요?」

♡ 불행한 사냥

송이가 인도에 호랑이와 코끼리를 사냥하러 갔던 남자 친구 두 명이 돌아온다기에 마중하러 공항에 나갔다.

「왜 혼자 돌아왔어요. 길동씨는 대체 어찌 되었나요?」

「불쌍하게도 길동이는 코끼리한테 잡아먹혀 버렸어.」

「어머! 그런 소리 마세요. 코끼리는 육식동물이 아니란 말이에요.」

「그렇게 의심하는 것은 당연하지만, 모두들 아는 바와 같이 길동이는 채식 주의자였잖니.」

♡ 송이 엄마와 관리인

송이 엄마가 새로 고용된 집 관리인에게 유리창을 깨끗이 닦아 놓으라고 일러두고는 외출했다.

한참 후에 돌아와 보니 유리창 안쪽만 닦아 놓고 바깥쪽은 그대로 먼지투성이라 관리인을 불러 물었다.

「왜 유리창 바깥쪽은 안 닦았어요?」

「송이 어머니, 밖을 내다보기 위해 안쪽은 닦았지만, 밖에서 안이 들여다보이면 나쁘잖아요. 그래서 바깥쪽은 일부러 안 닦았어요.」

♡ 지나친 친절

송이가 자기 집 마당에 풀장 세 개를 만들겠다고 친구에게 말했다.

친구는 의아한 표정으로 물었다.

「어머나, 무슨 풀을 세 개씩이나 만드니?」

「응, 하나는 찬물, 또 하나는 더운물, 또 하나는 전혀 물을 넣지 않을 작정이야.」

친구는 더욱 이상한 듯 말했다.

「뭐라구? 물을 안 넣은 풀이라니? 그게 무슨 말이야?」

송이는 생긋이 웃었다.

「으응 그건 말야, 친구들 중에는 헤엄칠 줄 모르는 사람도 있거든. 그 사람들을 위해서야.」

♡ 메가톤급 착각

송이가 명동거리를 거닐고 있었다. 그런데 옆에서 두 남자가 쑥덕거렸다.

「다리 모양도 예쁘고.」

「치장도 잘 됐는데!」

송이는 기분이 좋아서 씽긋 웃었다. 두 남자는 말을 계속했다.

「그런데 튼튼한지가 문제지.」

「암, 고장이라도 나면 큰일이지.」

송이는 화가 나서 남자들을 노려보며 말했다.

「여보세요! 숙녀에게 그게 무슨 말버릇이어요?」

그러자 남자들은 어리둥절한 표정으로 말했다.

「무슨 소리요? 우린 육교 공사 얘기를 하고 있는데.」

♡ 한번 맛들이면 못 끊어

사회시간에 담배에 관해서 초등학교 4학년생들이 토론을 벌이고 있었다.

똑똑한 송이가 금연에 대해서 발표했다.

「우리 아빠는요~. 전에는 담배를 끊기 위해서 사탕을 드셨는데요. 요즘은 사탕을 끊기 위해서 담배를 피우세요.」

♡ 미완성의 미완성

어느 음악 살롱에서 송이가 슈베르트의 '미완성'을 피아노 독주용으로 편곡한 곡을 연주했다.

연주가 끝나자 송이 엄마가 그 자리에 참석한 대 작곡가에게 평을 물었다.

「존경하는 마에스트로, 우리 딸의 연주가 어땠습니까?」

그러자 그 작곡가가 하는 말,

「놀랍군요, 부인. 이렇게 미완성의 '미완성'을 들어 본 적이 없습니다.」

♡ 요즘 꼬마들

학교가 끝나 집에 가는 송이에게 어떤 남자가 다가와,

「꼬마야, 100원 줄게 아저씨 따라가자.」

송이가 호주머니에서 1천원 짜리를 꺼내며 하는 말,

「아저씨, 내가 1천원 줄게 파출소 갈래요?」

♡ 결말을 비디오로

초등학교 4학년인 송이가 반 친구들 앞에서 큰 소리로 독후감을 읽고 나서 제 자리로 돌아가 앉았다.

선생님이 송이를 극구 칭찬하면서,

「아주 좋았어요. 또, 이야기의 결말을 밝히지 않은 점도 마음에 들어요.」

라고 말했다.

그러자 송이가 일어나서 하는 말.

「글쎄요. 이야기가 어떻게 끝났는지 알고 싶으면 비디오를 빌려보면 될 거예요.」

♡ 미술시간

초등학교 1학년 미술 시간에 선생님이 아이들에게 여자 아이 둘이 고양이와 함께 놀고 있는 그림을 그려 보라고 시켰다.

그런데 송이가 그려놓은 그림을 보니 고양이는 없고 여자 아이 두 명이 그려져 있었다.

선생님이 그 까닭을 묻자 송이가 대답했다.

「고양이는 10분 전에 도망가 버렸어요.」

♡ 천당 가기 싫은 사람

어느 날 교회에서 설교 도중에 천당에 가기 싫은 사람 있으면 손들어 보라는 목사님의 말에 송이가 손을 번쩍 들었다.

의아한 목사님이 송이에게 물었더니,

「엄마가 예배 끝나면 곧장 집으로 돌아오랬어요.」

♡ 잔돈

송이가 자기 생일날에 만원을 받고, 그 중 천원을 약방에 가져가서 동전으로 바꾸었다.

또 다른 가게에 가서 천원을 바꾸고, 세 번째 집에 가서 또 바꿨다.

이것을 이상스럽게 여긴 송이 엄마는 어째서 그런 짓을 하느냐고 물었더니 송이가 대답했다.

「그렇게 하는 사이 누군가가 잘못 거슬러서 더 줄지 모르잖아. 나는 틀림이 없지만 말야.」

♡ 사자

송이과 함께 동물원에 간 송이 엄마가 사자우리 앞에서 사자를 가리키며 말했다.

「저게 바로 동물 가운데 제일 무서운 놈이란다. 만약 저 놈이 우리를 뛰쳐나오면 당장 엄마를 찢어발길 거야.」

그러자 송이가 하는 말,

「엄마, 만약 그렇게 되면 집에 돌아갈 때 난 몇 번 버스를 타면 되지?」

♡ 너네 집이 가난해?

TV에서 유괴사건에 대한 뉴스를 지켜보던 어느 부잣집에서 초등학교에 다니는 송이를 불렀다.

「송이야, 앞으로 누가 너더러 우리 집에 대해 물어보면 우리 집은 아주 가난하다고 해라.」

다음 날 국어시간에 선생님이 '우리 집'에 대해 작문을 하라고 시켰다.

「우리 집은 아주 가난하다. 엄마도 가난하고 아빠도 가난하다. 운전사 아저씨도 가난하고 정원사 아저씨도 가난하다. 가정부 아줌마도 가난하고 진돗개도 가난하고 수위아저씨도 가난하다.」

♡ 낙서라니

홍길동은 임꺽정이 방송국 화장실 벽에 낙서를 하고 있는 것을 발견하고 놀라움을 감출 수가 없었다.

「세상에, 난 임꺽정 자네가 화장실 벽에 낙서나 하는 그런 사람인 줄은 미처 몰랐네.」

그러자 임꺽정이 말했다.

「오해하지 말게. 난 단지 맞춤법이 잘못된 것을 고치고 있을 뿐이야.」

♡ 죽지 못했다

훈장님이 경단30개와 꿀 한 항아리를 사와서 몰래 방안에서 혼자 먹고 있었다. 10개를 먹고 배가 부르니까 학동을 불러 말하기를,

「이제부터 외출하겠는데, 책상 위의 경단은 손님용이므로 먹어서는 안돼. 그리고 침대 밑의 항아리에는 쥐를 잡는 독약이 들어 있다. 만약에 꿀이라고 생각하고 먹으면 죽는 거야. 알겠지?」

하면서 단단히 이르고 훈장님이 나가자 학동은 즉시 항아리를 열고 경단에 꿀을 듬뿍 발라서 모두 먹어치웠다.

훈장님이 돌아와서 책상 위에 빈 접시만 남아 있는 것을 보고는 크게 화를 내어,

「어째서 내 경단을 먹었느냐!」

하고 호통을 쳤다. 그랬더니 학동은,

「배가 고파 저도 모르게 손을 대고 말았습니다. 모두 먹고 나서는 죽음으로써 사죄하려고 항아리의 독약을 듬뿍 먹었습니다만 죽지 않고 살아 있습니다.」

♡ 고3의 자살

고3의 임꺽정이 부진한 성적을 비관하여 투신자살을 하겠다며 옥상으로 올라갔다.

이 소식을 들은 급우들과 선생님들이 설득을 했으나 허사였다. 그런데 짝꿍인 길동이 그를 설득하여 데리고 오겠다고 혼자 올라갔다.

임꺽정: 가까이 오지 마!

홍길동; 야! 너 지금 죽으면 안돼. 아직 할 일이 많이 남았어!

임꺽정: 떨어져 죽으면 그만이야!

홍길동: 너, 나랑 이번 주 주번이잖아!

♡ 풍뎅이

서울에 사는 홍길동이 난생 처음으로 시골에 놀러 갔다. 그는 친척이 잡아 준 풍뎅이를 갖고 놀다 그만 죽이고 말았다.

홍길동: 이거 고장 났어. 고쳐 줘.

시골아이: 그게 아니야. 그건~.

홍길동: 아, 알았다. 건전지가 떨어진 거지?

♡ 아들의 IQ

임꺽정은 아들을 위해 K대학생을 가정교사로 데리고 왔

다. 하루는 아들의 공부방을 살짝 들여다보았더니 가정교사가 아들에게 부모가 죽었을 때 외우는 장례식의 경문을 가르치고 있었다. 놀란 임꺽정은,

「학생, 나는 아직 젊고 건강해서 죽을 때가 멀었네.」

라고 말했다.

「그건 걱정하지 않아도 될 것입니다. 왜냐하면 이 아이가 경문을 전부 외울 무렵이면 아저씨는 이미 백 살은 될 테니까요.」

♡ 돈 벌기

시골의 학당 훈장님은 수업 중에 학생들과 토론하기를 좋아한다. 그는 책상 사이를 오가며 손드는 학생이 없나 둘러 보기도 하고 아무 학생에게나 질문을 던지기도 했다.

어느 날 정부의 통화량 억제방법에 관해 강의를 하면서 훈장님은 강의실 안을 왔다갔다하며 이렇게 물었다.

「더 많은 돈, 나는 더 많은 돈이 필요합니다. 더 많은 돈을 얻기 위해서 내가 할 수 있는 일은 무엇입니까?」

아무 대답이 없다가 홍길동이 대답했다.

「아버지한테 전화하면 됩니다.」

♡ 마리아 상

대학 입시에 4수 째 시험을 치르는 홍길동. 마리아 상 앞

에서 소원을 말하면 이루어진다는 소리를 듣고 소원을 빌러 갔다.

　홍길동: 제발 4수 째는 대학에 붙게 해주세요. 만약 이번에도 낙방하면 도끼로 깨뜨려버릴 거예요.

이것을 우연히 보게 된 수녀가 그것을 아주 작은 마리아 상으로 바꾸어 놓았다. 그 후 홍길동이 이번에도 낙방하자 도끼를 들고 마리아 상을 찾아갔다. 그런데 이번에는 지난번 마리아 상과는 달리 조그만 마리아 상이 있었다.

　그러자 홍길동 왈,

「너네 엄마 어디 갔냐?」

♡ 아들자랑

　바로 이웃에 사는 꺽정과 길동의 엄마가 서로 아들 자랑을 늘어놓았다.

　먼저 꺽정의 엄마가 말했다.

「우리 애는 참 착해요. 반찬 투정도 안 하고 용돈도 달라고 하지 않고 …….」

　그러자 길동이 엄마가 말했다.

「우리 애는요, 반항도 않고 싸우지도 않고 밖에 가서 늦게 들어오지도 않고 …….」

　이 말을 들은 꺽정이 엄마가 물었다.

「길동이가 몇 살이죠?」

「아, 갓 돌 지났어요. 꺽정이는요?」

「우리 애는 100일 밖에 안됐어요.」

♡ 면접 시험

주먹계에서 놀던 임꺽정이 개과천선해 착실히 살기로 마음을 먹고 취직시험 공부를 시작했다.

밤을 낮 삼아 열심히 공부한 덕분에 그는 필기시험에서 아주 좋은 점수를 받아 면접을 치르게 됐다.

면접을 끝내고 돌아온 임꺽정에게 어머니가 물었다.

「면접은 어떻게 됐니?」

그러자 그는 자신 있는 말투로 대답했다.

「그 녀석들이 한 시간 동안이나 절 심문하더군요. 하지만 끝내 전 아무 말도 안했어요.」

♡ 닭

길동이 삼촌이 닭 여러 마리를 상자에 넣어 길동이에게 보냈다.

길동이가 닭을 꺼내려는데 상자가 갑자기 열리면서 닭들이 후다닥 도망가고 말았다.

길동이는 다음날 삼촌에게 편지를 썼다.

「옆집 마당까지 쫓아갔지만 11마리밖에 못 잡아 왔습니다.」

삼촌이 답장을 썼다.

「그럼 됐다. 나는 6마리밖에 안 보냈으니까.」

♡ 비가 오면 새는 집

대학생이 '하숙생 구함' 이라고 씌어진 집에 들어가 보니 마침 그날따라 비가 와서 천정이 새고 있었다.

그걸 본 대학생이 아주머니에게 물었다.

「주인아주머니, 이 집은 언제나 물이 샙니까?」

아줌마 왈,

「아니요, 비가 올 때만 새는 데요, 뭘.」

♡ 벌

짱구가 선생님에게 질문을 했다.

「아무것도 하지 않았는데 벌을 준다는 건 정당한 일이 아니지요?」

선생님이 말했다.

「당연하지.」

「휴우, 잘 됐다. 저 산수 숙제를 전혀 하지 않았어요.」

♡ 어리석은 오 서방

임꺽정이 산중에서 길을 잃고 사흘 밤낮을 헤매다가 가까스로 인가를 발견하고 너무나 반가워서 허둥지둥 그쪽으로 기어가서 구원을 청했다.

그 집의 주인은 비록 기진맥진 했을망정 찾아온 손님의 인품이 범상함을 보고 후히 대접하려고 우선 밥상을 가져오게 했다.

그러나 하인이 밥을 꾹꾹 눌러 푸는 것을 보고는 즉시 그에게 주의를 주며,

「여봐라! 총명한 분은 한 끼에 2백 그램 정도의 밥을 드시는 게 상례이다. 그런데 너는 머슴들을 대접하는 식으로 밥을 푸니 이런 실례가 또 어디 있겠느냐?」

하고 나무랐다. 그러자 하인은 곧 담았던 밥을 도로 쏟으려고 했다.

이를 본 굶주림에 허덕이던 임꺽정은 깜짝 놀라며 주인에게 말했다.

「아니, 전 머슴 이예요.」

♡ 미래형

초등학교 4학년인 맹구네 반 국어수업 시간이었다.

선생님: 이맹구! '훔치다'의 과거형은 뭐지?

맹 구: '훔쳤다' 입니다.

선생님: 맞았다. 그럼 미래형은 뭐지?

맹 구: '교도소' 입니다.

♡ 맹구의 답변

반에서 말썽 많기로 소문난 맹구가 짱돌이와 싸우고 있는 걸 본 선생님이 맹구를 불러 야단을 치고 있었다.

선생님: 왜 이렇게 싸우고 난리야?

맹 구: 싸우든 말든 무슨 상관 이예요?

선생님: 누구에게 반항이냐?

맹 구: 이유 없는 반항 이예요.

선생님: 안되겠다. 네 아버지 어디 계시냐?

맹 구: 바람과 함께 사라졌어요.

선생님: 그럼 엄마는 누구냐?

맹 구: 자유 부인 이예요.

선생님: 에이, 고얀 놈 같으니 … 어서 가버려.

맹 구: 알겠습니다. 지상에서 영원으로 가겠습니다.

영어시간

중학교 영어시간이었다. 선생님이 칠판에 'I remember you'란 영어 문장을 쓰고 나서 해석할 사람 손들어보라고 했다. 그러자 영어실력이 제일 나쁜 이맹구가 손을 번쩍 들었다.

선생님은 너무 기특해서 맹구에게 해설을 시켰다.

자리에서 힘차게 일어난 맹구가 말했다.

「난 너를 다시 멤보로 만들 거야.」입니다.

♡ 표지판

그믐날 밤 맹구가 자전거를 타고 친척집을 찾아가고 있었다. 한참 가다보니 4거리가 나왔다.

맹구는 길을 몰라 어느 쪽으로 갈까 망설이는데 길 옆 기둥 끝에 하얀 표지판이 보였다. 성냥을 찾은 맹구는 기둥을 힘들게 기어 올라갔다.

한숨을 돌린 후 맹구는 성냥을 켜고 그 표지판을 읽어 보았다. 거기엔 이렇게 쓰여 있었다.

'칠 주의'

♡ 임꺽정과 홍길동

임꺽정과 홍길동이 어깨동무를 하고 잠실 야구 경기장 매표소 앞에 나타났다.

「대인 표 한 장 주시오.」

매표원이 의아한 표정으로 물었다.

「그런데 저 친구 표는 안삽니까?」

「음, 저 친구는 여섯 살짜리 내 아들이오.」

매표원이 또 놀라며 물었다.

「여섯 살 이라구요? 키가 170cm는 되고, 몸무게는90Kg이 나갈 것 같은데다가 수염도 꽤 길었는데요?」

그러자 길동은 꺽정을 향해 소리쳤다.

「이런 멍청한 놈, 내가 면도하고 나오라고 했잖아.」

♡ 하나님 아버지

일요일 아침 맹구가 아버지와 함께 교회에 가다 아버지에게 물었다.

맹 구: 아버지, 하나님을 왜 하나님 아버지라고 부르나요?

아버지: 인간은 모두 하나님의 아들이기 때문이란다. 알겠느냐?

맹 구: 예, 알았어요, 형님.

♡ 중국의 사상

설명을 마친 후 선생님은,

「맹자는 성선설, 순자는 성악설을 주장했는데, 고자는 어떤 설을 주장했지요?」

하고 질문을 던졌다.

그러자 손을 들었던 맹구가 자신 있다는 듯이 일어나 하는 말.

「네. 성불구설입니다.」

♡ 시험점수 -1점

한 부인이 화가 난 표정으로 자신의 외동아들인 맹구의 담임선생님을 찾아갔다.

부인: 아니, 선생님! 어떻게 우리 맹구가 시험점수를 -1

점을 맞았나요?

선생님: 맹구 시험지에는 딱 하나 이름밖에 안 쓰여 있었습니다.

엄마: 그러면 0점이겠지요.

선생님: 그런데 맹구는 자기 이름마저도 틀리게 썼더란 말입니다.

♡ 빚 갚았다

맹구는 읍내 은행에 저축을 하러 갔다. 그곳에서 친구를 만났다. 그때 마침 2인조 강도가 나타나 하나는 문을 지키고 다른 하나는 은행 안에 있는 손님들의 귀중품을 샅샅이 뒤져서 강탈하기 시작했다.

이때 친구가 맹구에게 살금살금 다가오더니 이렇게 속삭였다.

「맹구야, 이거 빨리 받아.」

「이게 뭐지?」

하고 맹구가 묻자 친구는 강도의 눈치를 살피며 재빨리 속삭였다.

「지난번 네게 빌렸던 오만원이야.」

♡ 영어문제

초등 학생인 맹구가 중학생인 그의 형에게 영어문장의

뜻을 물었다.

　맹 구: 형 'I don't know' 가 뭐야?

　형: '잘 모르겠다' 야.

　맹 구: 중학생이 그것도 몰라?

♡ 엄마방, 아빠방

　전셋집에 살다가 아파트를 마련해 집들이 하는 집에 놀러간 손님이 장남인 아들에게 물었다.

「새 집이 좋으냐?」

「참 좋아요. 저도 따로 방이 있고 제 동생도 이제 자기 방이 있어요. 그런데 불쌍한 우리 엄마는 아직도 아버지하고 한 방을 쓰세요.」

♡ 소망

　선생님: 너는 커서 어떤 사람이 될래?

　학생: 저는 복덕방을 할 겁니다.

　선생님: 아니, 왜?

　학생: 우리 아빠가 부동산 투기를 해서 많은 돈을 벌었거든요.

　선생님: 맹구는 커서 무얼 할래?

　맹 구: 예, 저도 업을 하고 싶은 데요.

　선생님: 아니? 업이라니 무슨 업?

맹 구: 파업이요. 저의 아빠도 파업하걸랑요.

♡ 소방수
맹 구: 엄마, 오늘 유치원에서 소방수 아저씨가 불을 꺼 주신다는 걸 배웠어요.

엄마: 그래, 좋은 걸 배웠구나.

이윽고 밤이 깊었다.

엄마: 철수야, 자려면 불을 끄고 자야지. 전기를 아껴 써야지.

맹 구: 그냥 두세요. 소방수 아저씨가 불을 끄러 올 거예요.

♡ 성적표
철수가 시험을 쳤다. 한 과목만 '양'이고 나머지 과목은 모두 '가'였다.

통지표를 부모님께 보여드렸다. 어머니 왈,

「철수야, 너무 한 과목에만 신경 쓰지 말거라.」

♡ 눈 나쁜 맹구
수업시간에 맹구가 손을 번쩍 들더니 선생님께 말했다.

맹 구: 선생님, 칠판 글씨가 안 보이는데요.

선생님: 눈이 몇인데?

맹 구: 제 눈은 둘인데요.

선생님: 그게 아니고 눈이 얼마냐고?

맹 구: 제 눈은 안 파는데요.

♡ 상 처

맹구가 장난을 하다 그만 손가락을 다쳐 병원에서 치료를 받았다.

맹 구: 선생님, 이제 손가락이 나았으니 퇴원해도 되죠?

의 사: 그럼.

맹 구: 그럼 이제 기타도 칠 수 있나요?

의 사: 물론이지.

맹 구: 신난다. 난 기타 칠 줄 몰랐는데.

♡ 개구리

어느 날 새끼 개구리가 징징 울면서 집에 돌아왔다. 엄마 개구리가 깜짝 놀라 왜 우느냐고 물었다.

새끼 개구리: 엄마, 애들이 나를 사팔뜨기라고 놀려요.

난 학교 안다닐래요.

엄마 개구리: 아니다, 얘야. 네가 정상이고 다른 아이들이 비정상이야.(이런 저런 말로 한참 아들 개구리를 위로하다가) 야, 너는 엄마가 얘기하는데 어딜 보고 있는 거야.

♡ 도로 아미타불

오서방이 5년 만에 비로소 무대에 설 수 있는 기회를 얻게 되었다. 그의 역할은 아주 단순한 것이었다.

주인공이 무대에 나타나서,

「자네가 이 사람이 살해되는 걸 봤단 말이지?」

하면 그는 주인공의 날카로운 눈을 멍청이 바라보면서,

「제가 봤어요.」하면 되는 것이었다.

수주일 동안 그는 이 한마디를 연습했다.

「제가 봤어요.」

비록 간단한 한마디지만 그는 발성법과 얼굴 표정과 억양까지 열심히 연습했다. 드디어 공연 날이 왔다.

주인공이 무대에 나타나고 바닥에 누워 있는 오서방을 힐끗 보더니 물었다.

「자네가 이 사람이 살해되는 걸 봤단 말이지?」

그러자 오서방은 주인공의 눈을 또렷이 바라보며 당차게 입을 열었다.

「제가 언제 봤어요?」

♡ 여기는 천국입니다.

해군에 입대한 병사의 어머니가 울면서 민원상담실에 와서는 민원 담당자에게 말했다.

「우리 아들이 전사를 했다우. 마음씨 착하고 튼튼한 아들이었는데……. 난 앞으로 어떻게 살지 막막하다오.」

「정말 안 되셨군요. 해군 분부에서 전사 통지서가 왔던가요?」

「아니라오. 오늘 그 애에게서 편지가 왔는데 '어머니, 지중해를 지나 나폴리에 왔습니다. 여기는 천국입니다' 라고 적혀 있지 않겠어요?」

♡ 철수와 영희

5살짜리 철수와 영희가 놀이터에서 놀다가 철수가 영희의 손을 잡아끌며 말했다.

「영희야, 우리 집에 가서 놀자. 우리 집에 아무도 없어.」

영희는 철수네 집으로 갔다. 영희를 데리고 안방에 들어간 철수는 커튼을 내리고 방문도 닫았다. 그리고 이불을 깔고 말했다.

「영희야, 이리 들어와.」

영희가 이불 속으로 들어오자 철수가 말했다.

「영희야, 내 시계 야광이다.」

♡ 머리통이 대단해

「잉잉, 애들이 나를 놀려.」

철수가 울면서 엄마에게 말했다.

「나더러 머리통이 너무 크대.」

「그 아이들 말에 신경 쓸 것 없다. 네 머리가 얼마나 아담하고 예쁜데 그러니?」

엄마가 달래며 말했다.

「자, 그만 울고 가게에 가서 감자 5kg만 사다줄래?」

「알았어요. 장바구니 주세요.」

철수가 눈물을 닦으며 말했다.

그러자 엄마가 말했다.

「그게 어디 갔는지 없구나. 그러니 네 모자에 담아오렴.」

♡ 신 용

새로 이사 온 철수가 동네 가게에 와서 외상 거래를 할 수 있느냐고 물었다.

가게 점원이

「이 동네에서 오래 사실 건가요?」

하고 물었다.

「네, 그럴 작정이오. 지난주에 내 묘 자리도 이 부근에 사 났으니까요.」

철수는 당장 외상거래를 텄다.

♡ 바람피운 것까지

철수가 장안에서 가장 용하다고 소문난 점쟁이를 골탕 먹이려고 찾아가 말을 건넸다.

「그렇게 용하시다면 어떤 사람인지 한번 맞혀보시지요?」

점쟁이는 표정 하나 변하지 않고 태연하게 대답했다.

「그럴까요? 당신은 세 아이의 아버지군요.」

철수는 손뼉을 치며 웃고 나서 말했다.

「잘 맞힌다는 건 다 헛소문이었군. 틀렸소. 난 네 아이의 아버지요.」

그러자 점쟁이는 자신만만한 태도로 말했다.

「그것은 당신이 그렇게 생각하고 있을 뿐이요.」

♡ 그것도 맞는 말

초등학교 자연시간이었다.

선생님이 전기에 대해 열심히 설명을 하고난 뒤 학생들에게 물었다.

「자, 그럼 번개와 전기의 차이점이 뭔지 알겠죠? 철수가 대답 해봐요.」

그러자 내내 졸고 있던 철수가 자리에서 벌떡 일어나 대답했다.

「네, 전기는 돈을 내야 되지만 번개는 공짭니다.」

♡ 에티켓

철수는 아침도 먹는 둥 마는 둥, 세수도 하지 않고 학교로 향했다. 지각할 지경이었기 때문이다.

선생님이 철수를 보고 말했다.

「세수도 하지 않았구나. 만약 내가 얼굴에 달걀이나 잼 등을 묻히고 학교에 왔다면 너는 뭐라고 했겠니?」

「아무 말도 하지 않았을 거예요. 그런 실례가 되는 말을 저는 하지 않거든요.」

♡ 잘 타도 차도는 안 돼

철수가 인도에서 자전거를 타다가 한 신사와 부딪혔다. 신사가 화를 내며 말했다.

「너는 그 실력에 인도에서 자전거를 타냐?」

그러자 철수가 말했다.

「아니 그럼, 이 실력에 차도에서 자전거를 타란 말이에요?」

♡ 맹구의 신분증

철수가 등기 우편으로 온 돈을 찾으러 우체국에 갔다. 그러나 우체국 직원은 본인임을 증명할 신분증이 없다는 이유로 지불을 해주지 않았다.

이에 화가 난 철수는 주머니를 뒤져서 자기 사진을 꺼내 우체국 직원의 코 밑에 들이 밀었다.

「자, 보시오. 그래도 의심하겠소? 이게 내가 아니고 누구 란 말이요? 자세히 보시오!」

그러자 우체국 직원은 뒤통수를 긁으며,

「아, 그렇군요. 이거 실례했습니다. 본인임에 틀림없군요.」

하고 두말없이 돈을 내주었다.

♡ 이름은 쌍방울

철수와 그의 동생은 둘 다 머리가 나빴다.

어느 날 밖으로 나갔다. 혹시 길을 잃어 버릴까봐 엄마가 팬티에다 이름과 나이를 써 주었다. 그런데 집에서 먼 놀이터까지 놀러갔다가 두 형제는 길을 잃어버렸다.

골목에서 울고 있는 형제를 본 파출소 순경이 이름과 나이를 물었다. 그러자 철수가 팬티를 들여다보고 자기 이름과 나이를 댔다. 그것을 본 동생은 한참 동안 속옷을 뒤적거리더니 하는 말,

「이름은 쌍방울, 나이는15.」

♡ 똥

지나가던 철수가 날이 어두워 산골 오두막에 하룻밤 묵으려고 했다. 그때 어머니와 딸의 대화가 문밖으로 들려왔다.

어머니: 이를 어쩌지?

딸: 어머니, 똥이라도 먹으세요. 먹을 것이 없는데 어쩌

겠어요.

밖에서 대화를 듣고 있던 철수는 너무 가난한 집 같아서 도와주려고 문을 열었을 때, 그만 놀라고 말았다. 어머니와 딸은 화투를 치고 있었기 때문이었다.

♡ 상황 역전

방학을 맞아 철수가 등록금을 벌기 위해 택시운전에 나섰다. 하루는 정신병자가 철수의 택시에 타게 됐다.

철수는 문득, 정신병자는 충격을 받으면 제정신으로 돌아온다는 말이 생각나 일부러 전봇대를 힘껏 들이 받았다.

엄청난 충격으로 인해 제정신이 든 정신병자가 운전석을 보며 물었다.

「엉, 이게 어떻게 된 거야?」

그러자 철수가 돌아보며 말했다.

「아브브 ….」

♡ 바보 김 서방

철수는 그의 친구 김 서방과 벽시계를 보며 대화를 나누고 있었다.

김 서방: 왜 시계 바늘은 따로 다니는 걸까?

철수: 사이가 나빠서 그럴 거야.

김 서방: 그런데 12시에는 서로 같이 있잖아!

철수: 아, 그건 점심때라서 밥 먹으려고 모인 거야. 이 바보야!

♡ 기 차

언덕에서 지나가는 철길을 바라보며 철수와 영희가 하는 말.

철수: 철길은 갈수록 좁아지는데 저 큰 기차는 잘도 가네.

영희: 이런 바보! 기차도 멀리 갈수록 오므라들잖아.

♡ 확실하게 주운 돈

학교에서 돌아오는 길에 돈을 주웠다며 과자를 잔뜩 사 가지고 돌아온 철수를 엄마가 족쳤다.

「너 주웠다는 그 돈, 정말 다른 사람이 잃어버린 돈이야?」

그러자 철수 왈,

「네, 정말이예요. 그 돈 잃어버렸다는 사람이 여기저기 돈 찾으러 다니는 걸 제가 직접 봤는 걸요!」

♡ 영계를 너무 밝히시네

홀아비가 된 70세 김 서방이 장성한 세 자녀를 앞에 놓고 늙어서 혼자 산다는 게 얼마나 힘든가를 말하면서 이젠 상처한지도 10년이 넘었으니 재혼을 하겠노라고 선언했다.

「그럼 아버님, 상대방은 정하셨습니까?」

「그렇다.」

「저희가 아는 분인가요?」

「아니다. 내 곧 소개하마.」

「궁금합니다. 아버님, 어떤 분이십니까?」

「응, 이번에 갓 고등학교를 졸업했는데.」

「뭐라구요? 아니, 아버님 그게 무슨 말씀이십니까?」

「왜들 야단이야? 내가 너희들 엄마하구 결혼했을 때도 엄마 나이가 17살 이었느니라.」

♡ 실천에 옮긴다는 것

전문가가 주최하는 경영학 세미나에 참석했던 사장 철수가 회사에 돌아오자마자 '실천에 옮기자! 란 목표를 세우고 그 표어를 회사 곳곳에 써 붙였다.

그러자 그 다음날 결과가 나타났다. 경리과 직원은 금고를 털어 줄행랑을 치고 여비서는 사장의 외아들을 꼬셔 같이 도망가고, 사원은 잉크병을 선풍기에 집어던져 온 사무실을 엉망으로 만들었다.

♡ 한강 살인 주의보

김 서방이 한강 다리위에서 강을 내려다보면서 「다섯, 다섯」이라고 소리를 지르며 서성거리고 있었다. 이상하게 생각한 경찰관 한 명이 다가가 뭘 하느냐고 물었다.

그래도 그 소리를 들었는지 못 들었는지 계속해서 「다섯, 다섯」하고 중얼거렸다. 정말 이상하게 생각한 경찰관은 자신도 다리 난간 위로 몸을 굽혀 강을 내려다 봤다.

그 순간 김 서방은 경찰관의 다리를 번쩍 들어 올려 강물로 던져버렸다.

그리고는 계속 중얼거리는 것이었다.

「여섯, 여섯, 여섯!」

♡ 어차피

철수와 길동이 충청도 어느 산골로 사냥을 갔다. 철수가 꿩을 발견한 후 정조준하여 한 발에 명중시켰다. 꿩이 떨어진 곳에 철수가 가서 보니 아직 어린 꿩이라 불쌍한 생각이 들어 혀를 차자 같이 간 길동이 이렇게 말했다.

「뭐가 불쌍하니? 그처럼 높은 데서 떨어졌으니, 어차피 죽을 게 아냐?」

♡ 거짓말 대회

거짓말 대회 최종 결선에서 철수가 먼저 입을 열었다.

「저는 돈이 아주 많습니다. 방송국이 여덟 개고, 여러 개의 석유회사와 다국적 기업을 가지고 있죠.」

심사위원은 '좋습니다' 라고 말하며 나머지 한 선수에게 발표를 권했다. 그러자 그는 이렇게 대답했다.

「저 사람은 내 부하직원입니다.」

♡ 정거장

한 처녀가 버스에 탔다. 그러자 한 청년이 일어서서 자리를 양보하려고 했다. 처녀는 앉기를 거절하고 그 청년을 자리에 앉히고 말았다.

다음 정거장에서 그 청년이 다시 일어섰으나 처녀는 그에게 굳이 그냥 앉아 있기를 권했다.

청년은 견디다 못해 말했다.

「제발 부탁이니 나를 내려 주세요. 나는 벌써 두 정거장이나 그대로 지나쳐 버렸으니까요.」

♡ 취업난

운하 속에서 허덕이던 사람이 지나가던 젊은이에게 구원을 청했다.

「당신 왜 그래요?」

「물에 빠져 죽게 되었어요」

「어디서 일하고 있소?」

「저 위의 무역회사요……어서 좀 구해주시오.」

그러나 젊은이는 물에 빠진 사람을 그냥 두고 무역회사 사장에게 가서 이렇게 부탁했다.

「물에 빠져 죽어가고 있는 사람 대신 저를 여기서 써주십시오.」

그러자 사장이 하는 말.

「한발 늦으셨군요. 그를 떠밀어 넣은 사람을 막 고용했는데.」

♡ 아첨

한사나이가 죽어서 염라대왕 앞에 이끌려 왔다. 이때 대왕이 뿡하고 방귀를 뀌었다. 사나이는 곧 양손을 맞잡아 절을 하고서는 삼가 아뢰었다.

「엎드려 생각하온 바 대왕께서는 귀하신 엉덩이님을 솟구치시어 우렁찬 방귀님을 펼치시니 그 가락은 거문고 소리 같고 그 향기는 사향과 같사옵니다.」

대왕은 크게 기뻐하며 옥졸을 불러,

「이분을 별전에 인도하라. 만찬을 함께 베풀 것이니 산해진미를 고루 갖추어 성대하게 차리도록.」

하고 영을 내렸다.

옥졸의 인도로 별전으로 가던 사나이가 쇠머리 옥졸에게 말했다.

「귀하의 양쪽 뿔은 둥그러니 구부러진 모습이 마치 천상의 달과 같으며 두 개의 번쩍이는 모습은 마치 천상의 별과 같구려.」

그러자 쇠머리는 크게 기뻐하면서 사나이의 옷소매를 넌지시 잡아끌었다.

「대왕의 만찬까지는 아직 시간이 있으니 우선 나의 집에 들어가 한 잔 마십니다.」

♡ 호주(好酒)가

옛날 어떤 시골 양조장에서 일하는 일꾼이 있었다. 그는 아주 호주가였는데 일하다가 그만 술 만드는 통에 빠지고 말았다. 이 소식을 듣고 달려온 부인은 남편이 빠져 죽은 줄 알고서 슬픔에 잠겼다.

얼마 후 다른 일꾼에게,

「내 남편이 얼마나 괴로워하면서 죽었어요?」

하고 물으니,

「뭐 그런 것 같지도 않더군요. 벌써 화장실을 두 번이나 갔다 왔는걸요.」

♡ 큰 일

술에 취한 사람이 술집 안으로 뛰어들면서 소리쳤다.

「한바탕 소동이 일어나기 전에 위스키 석 잔만 주구려.」

술집 주인은 놀라서 술을 먹여 주고는 물었다.

「그래요, 그 소동이란 무엇이오? 언제 일어난단 말이오?」

「지금부터요.」

하고 사나이는 아주 침착하게 말했다.

「실은 내 호주머니 속에는 한 푼도 없단 말야!」

♡ 이름까지 바꿔?

똘이가 지하철의 계단을 오르고 있는 한 사나이를 보자 갑자기 얼굴이 밝아졌다. 뛰어가서 심하다 싶을 정도로 그 사나이의 등을 두들겼으므로 그 사나이는 자칫 앞으로 넘어질 뻔했다.

똘이가 소리쳤다.

「야, 길동아, 하마터면 몰라볼 뻔했네, 지난 번 만났을 때보다도 체중이 늘었군 그래. 그 코는 성형했나? 그러고 보니 키도 큰 것 같고.」

사나이는 화난 표정으로

「실례입니다만.」

하고 냉정하게 말을 이었다.

「난 길동이가 아닙니다.」

「어렵쇼.」

하고 똘이가 말했다.

「자네는 이름까지 바꿨는가!」

♡ 들어오세요

어느 그룹 회장 비서실에 근무하는 노처녀가 급한 일로

화장실에 갔다.

막 일을 보고 있는데 밖에서 똑! 똑!하고 노크하는 소리가 들리기에 무심결에 평소 습관대로,

「네 들어오세요.」

「??!!」

♡ 오해

한 처녀가 뒤가 급해 화장실을 찾아 들어갔지만 비어 있는 칸이 없었다. 아주 급한 지경이었으므로 남자화장실로 들어갔다. 다행히 아무도 없었으므로 화장실 문을 열고 들어가려다 보니까 누군가가 한 무더기를 실례해 놓은 상태였다. 너무도 불쾌해서 그냥 나오려는데 마침 어떤 남자가 들어와서 그 화장실로 들어가다가 그곳에 실례해 놓은 한 무더기를 목격하고는 뒤를 돌아 처녀를 째려보는 것이 아닌가. 괜한 오해를 받게 된 그 처녀가 하는 말,

「김 나나 봐!」

♡ 알레르기

세 여자가 무더운 여름날 오후, 호텔의 베란다에 누워 있었다.

「내가 작년에 끼고 있던 다이아반지 말이에요. 정말 보여 드리고 싶었어요.」

하고 한 여자가 말을 시작했다.

「글쎄 다이아만 3천만원이나 하지 않았겠어요. 그런데 글쎄 부득이 팔지 않으면 안 되게 되었지 뭐예요. 사실은 말이지요. 의사선생님이 나에게는 보석 알레르기가 있다지 뭐예요. 호호호.」

「나는 말이지요. 사실은 이런 곳에 올 생각이 없었거든요.」

하고 다음 여자가 말을 시작했다.

「저는 알레르기가 있지 뭐예요. 강남에 3천평의 대지가 있었는데 나는 토지알레르기거든요. 그래서 할 수 없이 팔았지 뭡니까, 호호호.」

그러자 세 번째 여자가 갑자기 졸도하고 말았다. 겨우 정신이 들자 어찌된 일이냐고 묻는 말에 그녀는 부끄러운 듯 대답했다.

「실은 말이예요. 나는 거짓말 알레르기가 있어요…….」

♡ 낙심 마

중년 부인이 아직 젊은 기분으로 깊은 생각에 잠겨 있다가 말을 했다.

「이봐요, 나나 당신이나 언젠가는 젊음과 미모를 잃을 거예요.

그러자 남편은 상냥하게 그녀를 위로했다.

「뭐 그렇게 낙심할 필요는 없어. 이미 당신은 완전히 시 들었는걸.」

♡ 어디 있지?

세 사람의 여자 앞에서 결혼을 하려고 한다는 어느 남자 이야기가 나왔다.

첫 번째 여자가 물었다.

「그 사람 잘 생겼어?」

이어서 두 번째 여자는,

「그 사람 월급이 얼마나 될까?」

마지막으로 세 번째 여자가 물었다.

「그 사람 지금 어디 있지?」

♡ 개자랑

화제가 개에 이르면 이야기는 언제고 좀 과장되기 마련이다.

「내 친구의 집에서는 말이지.」

하고 어느 사람이 말했다.

「아주 똑똑한 개가 있다네. 어느 날 밤, 그 집에 불이 났어. 순식간의 일이라 그야말로 아수라장이 됐지. 친구 부부와 애들은 겨우겨우 도망쳐 나와 가까스로 화를 면했지만 그 집의 개, 화구는 또 다시 불속에 뛰어 들어간 거야.

잠시 후 개는 무사히 모습을 나타났지만 온몸이 그을려 그야말로 새까맣게 됐네. 도대체 뭣 하러 뛰어 들어갔는지 알겠나?」

「모르겠는 걸.」

하고 이야기를 듣고 있던 사람들이 말했다.

「젖은 수건에다 화재보험증서를 꾸려가지고 입에 물고 나오지 않겠어?」

♡ 자랑

마을의 가게에서 이웃사람 둘이서 서로 자랑을 늘어놓았다.

「내 조카는 말야. 어찌나 발이 빠른지 술만 취했다 하면 총알과 경주하는 버릇이 있단 말야. 그래서 언제나 그 경주에서 총알보다 약 5백 미터나 앞선다니까.」

「여보게나, 내 여편네 이야기를 들어보면 그 정도의 속도는 아무것도 아니라고. 하여튼 말야, 촛불을 끄고 방안이 미처 어두워지기도 전에 코를 곤다니까.」

♡ 투자

어느 날 아침 식탁 앞에서 신문을 보던 회사원이 자기가 증권에 투자한 결과가 좋지 않다면서 우는 소리를 했다. 그의 아내는 그녀대로 요즘 새로 시작한 다이어트가 뜻대로 안된다며 불만을 털어 놓았다.

그녀는 전에도 여러 번 다이어트를 시도해 보았지만 제대로 된 적이 없었다.

남편은 증권 시세 란을 보다가 아내를 흘끗 바라보며 이렇게 말했다.

「내가 투자한 것 중에 갑절로 분 것은 당신밖에 없구먼.」

♡ 체중

노처녀가 체중이 100kg이나 나가게 되자 걱정이 돼서 의사를 만나보기로 했다.

「제일 적게 나갔을 때 체중이 얼마였죠?」

하고 의사가 묻자 그녀가 대답했다.

「3kg요.」

♡ 빵

한 제과점에 손님 하나가 화가 잔뜩 나서 들어오더니 이틀 전에 사간 빵이 상해 있었다고 불평을 늘어놓았다.

그러자 주인이 화난 목소리로 되받았다.

「이거 보세요. 난 15년 동안이나 빵을 구워 온 사람이에요!」

그 말을 듣고 손님이 쏘아붙였다.

「그래요? 그렇게 오랫동안 놔두었다 팔았으니 그 빵이 온전할 리 있겠어요?」

깔 깔 깔

<큰 오해>
「내 아버지가 아니라
남편이라구」

<손님은 王>
고로 나는 왕이다.
　　　　　　-밤손님-

121

〈플레이보이 사장〉
「이게 미스김 호출이고
이게 미스리 호출 맞지」

〈人生들〉
살아보려 턱걸이,
살만하면 귀걸이.

〈화장〉
그래도 이빨에 색 안칠
하고 다니는건 다행이
야.   ―여자―

〈진짜 천생연분〉
의처증에 걸린 남편과
의부증에 걸린 아내.

〈밑바닥 人生〉
누룽지 먹는 사람.

〈맘변하면 죽어〉
「술 끊자마자 술배달
트럭에 치일게 뭐람」

〈금전적으로 도움을
주지만 정신적으로는
너무 충격을 주고가는
손님들〉
피임약 찾는 손님들.
　　　　　－노총각 약사－

〈식성에 따라〉
「나는 파이냄새 같은
데 너는 초콜릿 냄새
라구」

〈아셔 모르셔〉
인류 최초의 생리대가
나뭇잎이란걸…

〈결혼 상담소에 취직한
어느 노처녀 왈〉
제가 어떨까요?

〈엉큼한 수리공〉
「기사와 자동차, 어느
쪽이 고장입니까」

〈외바퀴 손수레의
선구자〉
「잘가게 친구」

〈애처가와
공처가의 차이〉
애처가는 마누라의 손을 만지고 공처가는 마누라의 발을 만진다.

〈아빠의 충고〉
「얘야, 중요한 것은 경기의 승패가 아니라 경기후에 데이트신청을 받느냐가 문제란걸 명심해라」

〈중매장이가 사진을
달라기에〉
X레이 사진을 줬다.

〈함정〉
「술병만 잡아 끌어라」

〈이왕이면〉
「의자보다 내 무릎이 탄력성이 더 좋을것 같은데요」

〈사람 미치겠다〉
누구냐? 대답을 해도 계속 화장실문을 두드리는 녀석이.

〈별난 구애〉
「저와 결혼하면 이런 이점이 있습니다」

〈아무리 더워도〉
떤다.

－수다－

〈신혼 첫날밤〉
새신랑은 「동물이 되는 법」을 새색시는 「동물을 기르는 법」을 읽는 중

〈뒤늦게 결혼한 노처녀〉
뿌리(?)째 뽑으려 한다.

　　　　　－첫날밤－

〈득표 작전〉
「잊지마시고…」

〈경찰관의 고민〉
「분명 과다노출은 노출인데…」

〈좋은 점도 있군〉
「마누라 잘 둬서 안전 밸트가 필요 없다니까」

〈공짜 바캉스〉
더운 여름날 훌훌 벗고 찍는 여배우.

〈착각〉
「포환이 좀 무거워진 것 같은데」

〈허가 받은 육체미 각선미 전시장〉
해수욕장.

〈외상 수금〉
「내일 결혼식장에서 주시겠어요?」

〈내가 버린 남자〉
돈 떨어진 남자.
　　　　　　　-콜걸-

〈신년 인터뷰〉
「요즘 사는 재미가 어떤지요」

〈거짓말 탐지기〉
마누라 코.
　　　　　　　-주당-

〈얼떨결에 잡은게??〉
「어디서 시원한 바람
이 부는것 같은데」

〈직업상〉
헌것만 좋아합니다.
　　　　　－엿장수－

〈엉뚱한 속셈〉
「가정부만 있다면 지
금쯤 우리는…」

〈진짜 바람둥이란〉
여자에게 바람만 맞는
사나이.

〈마누라가 그러더군요〉

「옆집 돌이네 아빠 것은 그렇게 크고 좋은데 내것은 왜 그렇게 작고 볼품도 없냐구요」

〈남자란 그저〉

「여보! 입 좀 다무세요. 당신 혀가 몽땅 타버리겠수」

〈원인 규명〉

「임신인지?
　　　비만인지?」

〈사이클 히트〉

1차, 2차, 3차, 4차
　　　　　　－ 주당－

〈세월의 배설물〉
찢어지는 달력.

〈문명의 이기〉
「새로 나온 안마기구예요」

〈모처럼〉
구두 하나 샀더니 웬 놈의 가을비가 사흘이나 내린담.

〈순전히 핑계〉
자가용을 사려는데 마땅한 운전사가 있어야지!

〈비용 안 드는 사랑〉
짝사랑.

〈우린 어디로〉
화장실마다 신사용, 숙녀용으로 써놨으니.   －꼬마들 －

〈버스 안에서 노래하는 사람〉
목청 좋은 사람 하나도 못봤다.

〈빌어먹을 세상〉
고개 숙이는 처녀는 없으니……　　　　　　　-노총각 -

〈세상 사람들아 엿 먹어라!〉
나 좀 살게.　　　　　　　　　　　　- 엿장수 -

〈포수에게 생포된 곰이 하는 말〉
나 정말 쓸개 빠진 놈이요.

〈대낮강도의 변명〉
우리도 밤에는 자야 하잖소.

〈사랑하는 마음〉
그녀의 이빨 가는 소리도 옥구슬 구르는 소리로 들린다.

〈차멀미〉
고렇게 예쁜 입에서 그렇게 엄청 난 것이 쏟아지더라.

〈괘씸해서〉
결혼식 날짜를 산달 그믐날로 정했다.　-29살 노처녀 -

〈습관성이다〉

만원 버스에 노인양반만 타면 잠이 오거든.

〈위문문〉

국군장병 아저씨이니 여군장병 아주머니라 한다.

〈나도 남자다〉

웬 여자가 수건으로 입을 가린 후 칼을 목에다 대더라.
죽일 테면 죽여라.

                              – 이발소 기행문 –

〈어쩌면 나는…〉

일평생 여탕에 한번 못 들어 가보고 눈을 감을 것 같다.

〈시계〉

역시 고마운 놈이다.
나에게 가끔 데이트자금을 마련해 주고 있다.

〈참새가 마지막 부르는 노래〉

짹!

〈먹고 살자니〉

당신의 불합격을 진심으로 축하합니다.   – 재수학원 –

〈무슨 취미로〉
팬티만 입고 싸울까?   – 권투 선수 –

〈어느 날 갑자기〉
오늘 처음 만난 남자가 내걷는 모습을 보고
「오리걸음」이라한다.
정말 다행이다.
내 팬티 줄이 끊어진 줄 모르고 있나보다.

〈주부들이 매일같이 하는 반찬〉
걱정.

〈휴지 없이 변소에 앉은 기분〉
맞선보고 온 노처녀가 희소식 기다리는 심정,

〈배부른 소리〉
「자기, 나 임신했어. 6개월째야.」

〈진실, 너무나도 진실한 순간〉
기 십만원 몽땅 잃고 개평 달라는 순간.

〈바다에 빠져죽는 사람들〉
싱거운 사람들.

〈지독하게 못생긴 女子가〉
나를 보고 웃기에 다시 한번 봤더니 그건 바로
내 마누라였다.   - 결혼 3년째 -

〈백살 먹은 사나이의 장수비결〉
그저 해마다 나이를 한 살씩 더 먹었더니
오래 살아집디다.

〈세상 노처녀들이여!〉
제발 김장 걱정 좀 하게 해주오.
                                - 노총각 하숙생일동 -

〈주책이 별거냐?〉
대포 집(酒) 외상장부(冊)지.

〈눈만 오면〉
기어 다닌다.   - 자동차들 -

〈오천원과 만원〉
종이 한 장 차이다.

〈억지 쓴다〉
나는 너를 사랑한다. 고로 너도 나를 사랑해야 된다.

〈바람 부는 날〉

하루 종일 뒹굴며 살았다.   – 낙엽 –

〈남녀노소를 막론하고〉

모두 발가벗고 설친다.   – 목욕탕주인 –

〈3분짜리 공중전화〉

기계가 인간을 지배 하는 게 싫어 절대 쓰지 않기로
결심했다.

〈임신이란?〉

「1+1= 」의 답을 구하기 위해 10개월 동안
기다리는 것이다.

〈바캉스 갔다 오는 사람〉

돈독이 잔뜩 올라서 돌아오더라.   – 안과의사 –

〈마누라와 싸우던 날〉

연탄불을 빼버렸다. 추우면 파고들겠지 하는
생각으로…….

〈한 나라의 장래를 보려면 그 나라 여성들의 유방을 보라〉

유방이 커야 태어날 아기의 에너지가 풍부하니까…….

〈재산목록 제1호〉
화장실 열쇠.   – 서민아파트 주민 –

〈손님한테 반말로 장사를 하면서 욕 안 먹고 살았다〉
신 닦아! 구두 닦아!   – 구두닦이 –

〈연말연시를 불우한 이웃과 함께〉
그래서 나는 마누라를 제쳐놓고 술집에서 불우한
술집여자와 함께 지냈다.

〈인권선언의 선구자〉
변학도에 항거한 춘향.

〈천생연분〉
우연히 만난 그녀와 나 그녀의 주머니에선 오징어가 나왔
고 내 호주머니에선 땅콩이 나왔다.

〈만원 버스 속에서 터져 죽은 사람 못 봤다고 하는데, 그
게 다 내 숨은 덕이다〉
브래지어.

〈불문율 가운데 하나〉
부자는 가난한 동네에서 살 수 없고 가난한 자 또한
부자동네에서 살 수 없다.

〈이상하다?〉
신랑 :「자기, 처녀가 아니구먼!」
신부 :「자기, 총각이라면서 어떻게 알아?」

〈외래어를 쓰지 말자〉
찬성한다.「아다라시」란 말도 절대 쓰지 말자.
- 어떤 비 처녀 -

〈찾습니다〉
지난 일요일 외출 때 분실한, 가장자리에 꽃무늬
새겨진 생리대를 찾습니다.
-3년 동안 애용하던 건데-

〈우리 할아버지의 국어순화운동〉
「측간에서 소피보고 오마.」

〈호랑이한테 물려가도〉
정신만 잃으면 무섭지 않다.

〈여자들이란 그저〉
중년아주머니에게「저어! 아가씨……」
했더니 어쩔 줄 몰라 하더라.

〈한국인의 위생관념〉
삶은 밥을 씻어서 먹더라.

−물 말아 먹는 것을 본 외국인−

〈우리 예식장 자랑〉
한번 예식해 본 사람은 좋다고 또 찾아온다.

〈초저녁부터 빨리 자라고 독촉하는 아빠〉
스태미너 과잉 아닌지 모르겠다.

〈둘이 붙으면 잘 먹고 잘 살겠다〉
정신적 처녀임을 강조하는 여자와 호적상 총각임을
자랑하는 남자.

〈청결 제일주의 한국 여성〉
집에서 발 씻고 목욕탕 가더라.

〈쥐잡기운동에 묘안〉
쥐에게 피임약을 먹여 가족계획을 실시할 것.

−가족계획협회장백−

〈눈에 자물쇠 채운 사람〉
교통순경이 보는 앞에서 육교 밑으로 건너는 사람.

〈술이 얼큰하게 취한 남편에게 어떻게 마셨길래 이렇게 취했냐고 물었더니〉

매운탕을 안주로 먹었다더군.　　　　　-알뜰부인-

〈가슴이 확 트이는 시원한 맛〉

외출 후 집에 돌아와 브레지어를 벗을 때.

〈어머니 왜 저를 낳으셨나요?〉

아버지에게 물어보렴.

〈「간통죄」란?〉

「간」큰 남자와 「통」큰 여자가 저지르는 「죄」

〈시집도 안간 처녀가 이불 밑에서 손가락 장난을 해?〉

바느질.

〈오해마슈〉

나는 40년간을 교도소에서 썩었수다.　　　　-간수-

〈참말로〉

먹고 살기 힘들다.　　　　　-위장병환자-

〈목욕탕 안에서〉

나도 저렇게 될까 겁난다.　　　　　-꼬마-

〈한밤의 사람죽이는 소리〉

여자 소피보는 소리.   -노총각-

〈싼게 비지떡〉

비싼게 빈대떡.   -무교동술집-

〈대학생과 문제생의 큰 차이〉

미팅과 헌팅.

〈너와 나의 고향〉

산부인과.   -쌍둥이-

〈한국적인 너무나 한국적인 표현〉

아주 깨끗한 걸레.

〈공중화장실이란?〉

비행기 속에 있는 화장실.

〈고민〉

전기를 아끼기 위해선 일찍 불을 끄고 자는 게 좋지만,
가족계획에 차질이 생길까 겁난다.

〈약올린다〉

아까 들어간 친구 벌써 몇 번째 물만 틀면서
계속 앉아있다.   −화장실에서−

〈들릴 것 같으면서도 들리지 않는 소리〉

출렁출렁, 철렁철렁…….   −노브래지어 아가씨−

〈세상 많이 변했다더니…〉

「너 이담에 커서 뭐가 될래?」
「크기만 하면 뭐가 되나요? 돈이 있어야지.」

〈어느날〉

그녀의 수염을 잡았다. 또 그녀의 풍만한 유방을
다듬었다.   − 염소젖짜며 −

〈사랑하는 사람과 미운사람을 갖지 말라〉

사랑하는 사람은 못 만나서 괴롭고, 미운사람은
만나서 괴롭다.

〈떡두꺼비 같은 아들을 낳겠다던 부부가〉

개구리 같은 딸을 낳았다.

〈공처가란?〉

마누라의 마누라에 의한 마누라를 위한 남편.

〈밤에 떠난 여인〉
그녀는 밤에 출근하는 호스티스였다.

〈수상하다〉
호텔, 산부인과 이름을 줄줄 외우고 다니는
요즘 젊은이들.

〈시작은 반〉
「주인장 여기 두부 반쪽 소주 반병.」

〈얄미운 사람〉
자야할 갓난이는 밤새 울어 보채고,
자지 말았으면 하는 서방님은 초저녁부터 코를 고네….
                                    – 어느 새댁 –

〈졸부〉
정력도 아끼느라고 자식도 없는 구두쇠.

〈여자가 끼어있지 않는 범죄 사건이란?〉
재미없다.

〈야! 신난다〉
졸려 죽겠다.

〈대모험〉
1주일 뒤 세금 낼 돈으로 모조리 올림픽 복권을 샀다.

〈산아 제한을 권장하려거든〉
정력제는 팔지 못하도록 하라.

〈예쁜 여자가 남자에게 굉장히 힘이 세다고 칭찬할 때 만큼〉
남자 힘이 약해질 때는 없다.

〈전통 있는 피임 캠페인 구호〉
「무자식 상팔자.」

〈키스를 하려면 꼭 그녀는 먼저 벗는다〉
안경을.

〈이별〉
그녀와 나는 男과 女의 갈림길에서 헤어져야만 했다.
                                          - 유료화장실 앞에서 -

〈한국 식당〉
변두리 3류 음식점일수록 「이쑤시개」가 많다는 것.

〈첫눈이란?〉
윙크를 말한다.

〈보내주세요!〉
취미로 돈을 수집하고 있습니다.
사용할 수 있는 것을 보내 주시는 분께 감사드리겠습니다.

〈우물을 파려거든 한 우물을 파라는 속담〉
우리들에겐 통하지 않습니다.   - 플레이보이 -

〈외박이란?〉
마누라를 아끼기 위한 수단이다.

〈왼쪽손은〉
항상 깨끗하다.   - 화장실에서 -

〈들어서 기분 좋고 먹어서 흐뭇한 욕〉
잘 먹고 잘살아라.

〈돈이란?〉
없으면 있는 체, 있으면 많은 체 하는것.

〈玉에 티라고나 할까〉
멋있는 한복을 입은 女人의 가장 깊숙한 속옷이
삼각팬티라니….

〈내가 부자가 되는 것 보다〉
세상 사람이 더 가난해지는 것이 쉬울 거다.

〈어느 노처녀의 잠꼬대〉
여보 퇴근하면 일찍 들어오셔요.

〈염통에 커튼 친 사나이〉
다방에서 발톱 깎는 사람.

〈여자의 마음은 갈대와 같고〉
남자의 마음은 올 때와 같다.   −결혼지망생−

〈저 바다가 소주라면?〉
외상술은 없었을 것을.   −주태백이−

〈생각 달라 질 거다〉
4자가 싫다는 사람들이여 〈섰다〉를 한번 해보시라.

〈어느 과수원 살구나무 밭에 붙은 팻말〉
시거든 떫지나 말 것.

〈두 봉사의 대화〉
두 봉사가 거리에서 부딪혀 하는 소리
A : 여보시오 눈이 없소?   B : 보면 모르시오.

〈필사의 도망자〉
벌집 건드린 사나이.

〈신난다〉
야! 내가 날아간다.   -낚시에 걸린 붕어-

〈한잔만 하자고 해서〉
한 잔만 먹고 나왔더니 욕을 하더라.

〈공부해서 남주나〉
남 준다.   -교사-

〈남자가 아기를 낳는다〉
완전범죄.

〈손이 발이 되도록 빌어도〉
발이 되지 않더라.

〈그는〉
검게 나서 붉게 살고 희게 죽었다.   -연탄-

〈사철 잘 팔리는 씨앗〉
사랑의 씨앗.

〈부부싸움 잘하는 집에〉
세 들기를 원합니다.   -고물장수-

〈세계적으로 알려진 세 여자 이름〉
태평양 대서양 인도양.

〈금지〉
인간들은 분명히 유리벽 속에 갇혀있다.
                                        -어항속의 금붕어-

〈픽션과 논픽션〉
성형수술 한 여인과 그가 낳은 어린애.

〈女子는 왜 아기를 낳을까요?〉
유전이겠지.

〈흔들리는 결심〉
제기랄, 오늘따라 파도가 왜 이다지 거센가?
                                        -투신자살직전-

〈앞, 뒤 없이 좋은 女子〉
내 아내.

〈사랑을 고백했더니〉
청하지도 않은 냉수 한 그릇 주데요.

〈생명의 은인은〉
젖소.   −우유로 자라나기−

〈점 조직〉
바둑.

〈정말 필요 없는 것〉
사나이의 젖꼭지.

〈공해시대의 욕설〉
오래사소.

〈실기보다 이론이 어려운 것〉
人生.

〈항의〉
어째서 내가 거리에 오줌을 눴단 말입니까?
난, 어디까지나 가로수에 물을 줬을 뿐입니다.
                    −주정뱅이−

〈진짜로 몸을 판 여자〉
심청.

〈질문 있습니다〉

만우절에도 태극기 답니까?

〈부모님의 최후작〉

나.   −막내둥이−

〈말보다 실천이 어렵다〉

천만에, 말보다 실천이 훨씬 쉽다.   −말더듬이−

〈바다가 육지라면……〉

나는 어떡하라고…….   −어부−

〈미워요〉

버스에 오르자마자 내 앞에 딱 서는 아기 업은 아줌마.

〈시간은 숲이다〉

그래서 시계포와 금, 은방이 같이 있다구.

                                              −시계포주인−

〈옷만 벗으면〉

싸운다.   −권투선수−

〈새로운 서민의 감기 예방법〉

헌 브래지어 한 개로 마스크가 두 개 나온다.   −알뜰신사−

〈경상도 신랑과 충청도 신부의 첫날밤 대화〉
「퍼떡.」
「왜이래유-.」

〈공처가의 의식구조〉
앞치마와 누룽지.

〈스피드시대 때문일까 아니면 우둔해서일까〉
신혼여행 갔다 오자마자 산부인과로 달려가는 신혼부부.

〈서민촌을 부르기 좋고 듣기 좋은 말로〉
「맨손 아파트 단지」라고 하자.

〈공처가의 고민〉
우선 젖이 나오지 않는 것이다.

〈부르는 게 값이다〉
가수.

〈이 세상 끝까지 가고 싶다는 그녀의 말에〉
바로 그 자리가 끝이라고 일러줬다.

〈울고 넘는 미아리고개〉
다 매연버스 때문이다.   -요즈음-

〈공통점〉

못난 산새는 바위에 똥을 남기고 몰지각한 등산객은
바위에 이름을 쪼아 남긴다.

〈애인 생일날〉

「뭐 사줄까?」

「알사탕…….」

「겨우 그거야, 좋아!」

「아니…… 고만한 다이어반지말야.」

〈음악감상실에서〉

여 : 저곡은 형편없군요. 졸립기만 해요.

남 :「그럴 수밖에, 자장가인데.」

〈남자의 매력은〉

바라보고 있는 여성의 나이가 몇이냐에 달려 있다.

〈천생연분〉

「아가씨, 스타킹이 흘러내렸는데요.」

「어머……아저씨는 자크가 흘러내렸는데요.」

「아……우리 둘이 똑같이 털털하군요.
우리 결혼합시다.」

〈새 것은 좋은 것〉

여자, 껌.   −플레이보이−

〈만원버스라도 좋다〉
어여쁜 아가씨들만 많이 타다오.　　　　−엉큼한 총각−

〈이런 여자 되겠습니까?〉
빨간 루즈 칠한 입에서 흘러나오는 새빨간 거짓말.

〈에디슨이 없었다면〉
컴컴한 데서 TV 볼 뻔했다.

〈남자를 도둑으로 믿는 여자〉
자기보다 못생긴 친구를 데리고 나오는 여자.

〈얼굴도 고와야 여자지〉
마음만 곱다고 여자냐?　　　　−화장품장사−

〈슬픔〉
우리 집 반찬은 항상 짜다고 투정부리는 실업자 남편.
　　　　　　　　　　−실업자 아내−

〈분수를 지킬 줄 모르는 우리 마누라〉
소시적엔 산수공부와 담 쌓고 살았대요.

〈여자〉

허영심은 구두 뒤축 높이에 정비례하고,
생활력은 손톱 길이에 반비례한다.
그리고 교양 정도는 껌 씹는 모습에 좌우된다.

〈왜 밀어?〉

먹구 살려구 민다. 왜?   −목욕탕 때밀이−

〈전화위복 좋아 한다〉

실직하고 며칠 지나니 고질인 월요병이 싹 나았다.

〈엉큼한 사나이〉

우악스런 남자 옆에 앉아 가느니 아리따운 여자
옆에 서서 간다.   −만원버스 안에서−

〈양심이 고도로 발달한 인간〉

만원버스에서 소매치기로 오인 받을까봐 두 손 번쩍 들고
서서 가더라.

〈고백〉

당신이 일하는 낮에도 우리는 연구하고 있습니다.
당신이 잠든 밤에도 우리는 일하고 있습니다.
항상 당신의 생명과 재산을 지켜보며.

〈술 얻어 마시고 미안한 생각이 들 때〉
동료들을 젖히는 체하며 구형손목시계를 빼들고 용감히
카운터 쪽에 내민다.

〈와! 나온다 나와. 막 쏟아진다!〉
막걸리 먹고 화장실에서.

〈저 푸른 초원 위에 그림 같은 집을 짓고 사랑하는⋯⋯〉
예끼, 이 사람아.
거긴 「그린벨트」란 말야.

〈빨래판 하나 사놓고〉
그녀에겐 세탁기 한 대 들여놨다고 했다.

〈새해인사〉
"새해 복 많이 받으셨습니까?"
"연말에 결산하여 뜨려 뜨리겠습니다."

〈우리들의 작업복〉
팬티.   −목욕탕에서 때미는 사람−

〈선생님 말씀〉
요는⋯⋯
이불 밑에 있다.

〈허공에다 침 발라 쓴 글씨〉
외상.

〈가장 양심적인 악질〉
10원짜리 먹고 삼키는 고장 난 공중전화.

〈아시는 분 연락바랍니다〉
대머리는 머리가 벗겨진 걸까요, 이마가 벗겨진 걸까요.

〈요즘 아이〉
남 : "애야, 누나하고 할 얘기가 있단다. 100원 줄테니
　　나가 놀아라."
꼬마 : "에이, 시시하다. 저번 아저씨는 500원 주던데."

〈부디 오래오래 사십시오〉
새해 인사가 아니올시다. 생명보험협회에서 가입자
여러분께 드리는 말씀입니다.

〈돈이 돈을 낳는다니〉
돈에도 암놈, 수놈이 있는 걸까?

〈아! 어떻게 할까〉
친구 오빠가 좋을까?

오빠 친구가 좋을까?

-결혼 상대자 택하는 고민녀-

〈반칙〉
도둑보고 꼬리 흔드는 개.

〈마음이 고와야 여자지〉
마음이 나쁘면 남자란 말인가?

〈눈코 뜰 새가 없다더니〉
하루 종일 잠자고 있더라.

〈무슨 말을 하는 거요?〉
아래, 그것, 있잖아요. 거시기, 장화.　　　-약방에서-

〈하루도 안 빠지고 노크를 해도〉
「들어오세요」란 말 한번 못 들어봤다.　　　-화장실-

〈옷 한 벌만 해 입으면〉
나도 땅땅거리는 재벌(?)이 된 다구.　-만년단벌신사-

〈여성 상위시대라구?〉
그럼, 어서 남자 임신 한번 시켜봐라!

〈달리는 기차 밑을 지나고도 산 사나이〉
철교 아래로 지나간 사나이.

〈핑계〉
아내 :「아니, 웬 술을 이렇게 마셨어요?」
남편 :「술값이 엄청나게 나왔길래 횟술까지 마시고
　　　　오느라고.」

〈망했다〉
맞선보는 자리에서 갑자기 구토증이 일어났다.
-노처녀-

〈나는 2시간여의 침묵을 깨고 드디어 레지에게 차를 시켰
습니다〉
이봐! 여기 엽차 하나!　　　　　　　　-실업자-

〈가장 엉성한 춤〉
엉거주춤.

〈차이점〉
부자집 아이는 하드를 깨물어 먹는데
가난한집 아이는 핧아 먹더라.

⟨가장 진실한 손⟩
노름판에서 돈 몽당 잃고 개평 달라고 내미는 손.

⟨너무너무 순진해서⟩
10년 동안 매일 사다시피 했는데도 아직 한번을
못 깎아봤다.   −담배값−

⟨샐러리맨 이런 맛에 산다⟩
「정말 당신은 멋져요.」   −퇴근 후 술집에서−

⟨레지⟩
來之(왔다 갔다 하는 것.)

⟨대화⟩
"자기, 난 자기 없이는 단 하루도 못살 것 같아. 자기는?"
"으응. 나두 나 없인 하루도 못살 것 같아."

⟨시간⟩
"지금 한 시 반이죠?"
"아닙니다. 두 시 삼십 분전입니다."
"어머, 벌써 그렇게 되었나?"

⟨세상에 나서 �쓴맛, 단맛 다보고 죽는다⟩
파리가 커피에 빠져 죽으면서 이르기를.

〈가을 찬바람이 솔솔 불기 시작하니〉
갑자기 아는 척 하는 사람 많더라.

〈궁합 좋수다〉
말 할때 항상 침튀기는 아가씨와 얼굴면적 넓은 그 애인.

〈원시와 현대가 조화 된곳〉
대중목욕탕.

〈완전 범죄는 없다지만〉
가는 세월만은 그 누구도 잡을 수 없더라.

-노처녀의 탄식-

〈女子의 삶〉
남편과 희희희 거리느냐. 남편과 흑흑흑 거리느냐.

〈너무 합니다.〉
딱 한번 그랬는데 헛구역질하고 배불러오고.　-女子-

〈기분 전환도 할겸〉
텅빈 버스를 타봤지.　　　-소매치기-

〈모두가 발랑 나자빠진 것을 보며〉
나는 즐거워 했다.　　　-윷놀이에서-

〈인생은 벌거숭이란 말〉

결혼 해 보니 알겠더라,

〈훔치다 들켰다〉

야구선수가.   −도루−

〈실업자 시절과 취직 후의 차이점〉

꽁초 길이가 길어졌다.

〈노처녀의 심술〉

시계에 밥을 안준다.

〈구두쇠는 튼튼해야 한다〉

구두 제조업자.

〈그러고 보니〉

돈은 사람의 동생뻘이다. 사람나고 돈 났으니까.

〈옷깃만 스쳐도 인연〉

옷속이 스치면 연인.

〈남자가 존재하는한 우리에게 불황은 없다〉

보신탕 주인.

〈똥 먹었다〉
화투 치면서.

〈어떤 슬로건〉
아들 딸 구별해서 딸만 낳아 잘 기르자.
-생리대 제조업자-

〈우리는〉
모델료 한푼 안줍니다.

〈한번 만난 사람은〉
두번 만나고 싶지 않다.
-교도관-

〈항상〉
남의 흠만 잡고 삽니다.
-세탁소 주인-

〈쓸만 한게 없으면〉
쉬면된다.
-청소부-

〈일거양득〉
다이어트 하는 그녀와의 데이트때는 식사비가 절약 된다.

〈낭비〉
스트레스를 풀려고 돈을 푸는 사람.

〈대화〉

A : 「사람은 무엇이든지 경험을 해봐야 실수를 안하더라구.」

B : 「그건 그래. 나도 처음 할 때는 좀 떨리고 긴장이 됐었
는데 두 번째 하니까 괜찮더라구.」

A : 「그게 뭐였는데?」

B : 「결혼.」

〈정당방위〉

마누라가 빗자루를 들기에 나는 쓰레받기를 들었다.

-공처가-

〈보통 여자와 창녀의 차이점〉

보통 여자는 화장을 할 때 「남자」를 생각하지만 창녀는
「돈」을 생각한다.

〈한심한 경로사상〉

버스 경로석에 앉은 젊은이 자리 양보는 안하고 앞에 서있
는 노인의 지팡이를 받아 들려고 한다.

〈상습범〉

간수 : 「어- 또 들어왔어」

죄수 : 「저한테 편지온거 없어요?」

〈부동산 업자〉

「아가씨 여기 커피- 프리미엄 많이 넣어서.」

〈기막힌 거짓말〉

우리 아기에게 가루 우유를 먹였더니 기저귀를 털기만 하면 되더라.

〈대포집의 부동산〉

외상 장부.

〈세상 살아가면서 느낀 것〉

힘을 써야 한다.　　　　　　　　　　-화장실에서-

〈나의 사전에 불가능이란 말은 없다〉

그 사전은 파본입니다. 바꿔 드릴테니 오세요.

　　　　　　　　　　　　　　　　-서점 주인-

〈남녀의 차이〉

실연한 남자는 술집의 손님이 되고 실연한 여자는 술집의 종업원이 된다.

〈사랑은 두 눈을 멀게 한다〉

그래서 그들은 더듬거린다.

〈멋있는 강도〉

미니 스커트를 입은 아가씨가 공원을 산책하는데 강도가
권총을 들이대며 외쳤다.

「다리 들어!」

〈입사 시험 공고〉

쓸만한 사람(?)을 뽑는 다기에 응시했더니 청소부 모집이
더라.

〈어떤 人生〉

술먹고 해롱 해롱, 아가씨에겐 희롱 희롱,
앞길은 아롱 아롱.

〈말이 씨가 된다더니〉

어릴때 나보고 다리 밑에서 주워왔다고 웃으면서 하시던
부모님 말씀. 그래서 나는 다리 밑(?)만 찾아 다닌 답니다.

-play boy-

〈끊을래야 끊을 수 없는 사이〉

빚과 그림자, 빚과 이자, 빗과 여자.

〈이거야 정말〉

대낮에 강도 때문에 문을 열어줘야 밥을 얻어 먹지?

-거지-

〈바람둥이 인생〉
바람 잘날 없다.

〈인간인 이상 실수가 있기에〉
연필 끝에는 지우개가 달려있다.

〈여자가 돈과 몸을 빼앗겼을 때 먼저 부르짖는 말은〉
「아이고 내돈.」

〈요즘 처녀들의 결혼 필수품〉
배짱.   -첫날밤-

〈피는 물보다〉
맛있다.   -모기-

〈돼지꿈 헛꾼 사나이〉
복권 사는걸 깜박 잊었지 뭐야!

〈물을 보면〉
고향처럼 포근하고 아늑해요.   -바캉스 베이비-

〈서민들의 아침인사〉
Good Money.

〈눈 깜짝할 새 돈번다〉
사진사.

〈미치겠다〉
첩첩산중의 처녀가 펜팔을 시작했으니…   −우체부−

〈차이〉
돈 없을땐 「바둥 바둥」 돈 있으면 「빈둥 빈둥」

〈맛은 좋은데 이름이 더럽다〉
빈대떡.

〈팽팽하던 바지가 어쩐지 앉기 편하더라니…〉
가랑이가 터졌다.

〈또 한해를 그냥 넘기게 된 노처녀가 지하도를 걷고 있었다〉
「저어, 아가씨. 시간좀…?」
「아이, 누가 봐요.」

〈노처녀의 희소식〉
시집을 보내드립니다.   −詩人−

〈공처가의 고민〉
우선 젖이 나오지 않는 것이다.

〈술 깨는데 특효약〉
계산서.

〈나이값을 하라고 하는데〉
나이 한살에 얼마입니까?

〈죄를 지으면〉
벌벌(罰罰) 떨게 됩니다.

〈막중한 임무란?〉
시집갈 때까지 처녀막을 지켜야 할 여자의 임무.

〈피임은 결혼 첫날 부터〉
그러면 아이는 결혼전에 낳으란 말인가.

〈인생은 연극〉
그래서 내가 이역을 잠깐 맡고 있을 뿐이다.
                                    -공처가의 변명-

〈잠깐 자리를 비운 사이에 죽었다〉
견제구에.   -야구선수-

〈사방이 꽉 막힌 여자〉
엘리베이터 걸.

〈아! 나는 바람 한번 못피워 봤구나〉
아담.

〈맨발의 청춘〉
무좀환자.

〈미스테리〉
미스들의 히스테리.   −총각들−

〈금지된 사랑〉
소금장수 아들과 우산장수 딸.

〈허가 받은 누드촌〉
대중 목욕탕.

〈그는 나의 새까만 후배일 수 밖에 없다〉
흑인 후배니까.

〈조물주시여!〉
이들을 용서해주오.   −성형수술인−

〈별들의 고향〉
교도소.

〈처녀가 임신을 해도 할말은 있다〉
「아휴… 그날밤… 그곳에… 그 여관만… 없었어도.」

〈눈물없이는 볼 수 없는 명작〉
우리집 적자 가계부.

〈사느냐, 죽느냐, 이것이 문제로다〉
도루.   −야구선수−

〈어느 노쳐녀가〉
「흥! 남자들은 모두 늑대야. 내가 늑대에게 물려 갈것 같니?」
그러더니 끝내는 시집을 가면서
「늑대들도 먹어야 살것 아니니.」

〈패스미스〉
봉급날 월급봉투 마누라에게 주지않고 술집 외상값으로
날린 남편.

〈가난한 자에게는 자비를〉
부자에겐 비자를…   −해외여행−

〈손에 칼을 든 여자를 찾습니다〉
「지금 제 손에는 물을 들고 있습니다. 함께
 '칼로 물베기' 하실 분 없습니까?」   −노총각−

〈진짜 백의 민족〉
의사 · 요리사 · 이발사.

〈노처녀가 남산에서 던진돌〉
결혼식장에 맞았다.

〈사랑스런 핑계〉
「제가 피를 흘린건 순전히 경험 부족이었다니까요.」

〈세상에서 제일 불행한 여자〉
불임증에 불감증에 불면증에 걸린 여자.

〈남과 여의 차이〉
남아 일언 중천금이면 여아 일언은 풍선껌이다.

〈뺨맞은 이유〉
어두컴컴하기에 슬며시 실례(소피) 했더니 사람이 있었네.

〈PR시대〉
윗물은 흐려도 아랫물은 맑습니다.   −정수기 장사−

〈차이〉
인생은 연극이다   −철학자−
인생은 굿이다.   −무당−

〈세상살이 축소판〉

셋방살이.

〈시원하고 화끈 할거다〉

얼음공장에서 불이난다면.

〈좁은 門〉

연말 보너스 탔을 때의 우리집 대문.　　　－서민 가장－

〈남자란 그래서 다〉

총각때 본 미스 리는 얼굴이 예쁜데 코가 너무 납작하더니 결혼 후에 본 미스 리는 코는 좀 납작해도 얼굴이 참 예쁘다.

〈갓난 아기에게는 눈물이 없다〉

아직 세상물정을 모르기 때문이다.

〈어떤 슬픔〉

사직서 글씨가 엉망이라고 부장님한테 야단 맞았다.

〈어떤 속담〉

백지장은 맞들면 가볍지만 지폐는 맞들면 싸움 난다.

〈혼식〉
흰밥 먹고 보리차를 마셨으니.

〈여자들이 제일 지켜야 할 도리〉
아랫 도리.

〈히트·앤드·런〉
술집 앞에서 망설이다 집으로 가는 길.　　　　-월급날-

〈진짜 애처가〉
「여보! 당신 늘 살림하기도 힘드는데, 애기 낳는 사람은 따
로 하나 얻을까?」

〈여자는 신혼 때 일수록 많이 태운다〉
남편과 밥.

〈진짜 잉여 인간〉
출근시간 콩나물 버스에 기를 쓰고 타려다 끝내 타지 못하
고 남은 사나이.

〈샐러리맨 사전〉
월급 : 「원」으로 표시되는 사원의 능력.
보너스 : 「%」로 표시되는 사장의 능력.

〈내가 "이리 오세요"하면〉
사내들은 바지부터 벗는다.   −간호사−

〈진짜 피서〉
여름만 되면 바람 피우는 사람.

〈누가 정말 신사일까요?〉
손을 씻고 일을 보는 분과 일을 보고나서 손을 씻는 분.
                              −화장실에서−

〈여자 나이 물어보는 가장 쉬운 방법〉
주민등록증 번호를 물으면 된다.

〈받아서 기쁘고 주어서 흐뭇한 것〉
첫날밤 그것.

〈보복〉
나의 몸을 태우고 오래 살줄 알았더냐!   −담배−

〈동태를 알아보려면〉
생선 가게에 가면된다.

〈스케줄에 없는 것〉
실수.

〈사람이 사람을 못믿는 증거〉
등기우편.

〈암만해도〉
지금 나하고 펜팔하고 있는 여자가 남자같다.

〈밥 잘 주는 식모〉
아마도 나를 사랑하는 눈치다.   −걸인−

〈맨 날〉
싸기만 하는 자기.   −보자기−

〈먹고 싶은 총각〉
총각김치.

〈법 없어도 살 사람〉
공중화장실을 물어 물어 찾아가서 소변보는 사람.
                                        −해수욕장에서−

〈불량품〉
바람둥이 남편의 품.

〈아차!〉
고향길 차표마저 팔아버렸구나.   −암표상−

〈운전면허도 없는 사람들이〉

운전만 잘 합니다.

〈우리도 공인중계사 시험봐야 합니까?〉

중매쟁이 일동.

〈소 해에 태어나는 아이〉

전부 우(于)등생이다.

〈무허가 건물〉

미혼모의 불룩 나온 배.

〈나의 뱃속은〉

酒차장?   −주당−

〈인생은 연극이다〉

월급은 연극 출연료?

〈도둑의 유언〉

남의 생명까지 훔칠 수 없을까?

〈삶에 문화〉

이력서.   −실업자−

〈요정 같이 예쁜 여자가〉
요정에 왜 그리 많지?

〈男과 女〉
남자가 정력에 좋다면 무슨 일이든지 하고 여자는 예뻐진
다면 무슨 일이든지 한다.

〈갖은 고생하다가 돈 번 사람의 첫마디〉
빌어 먹을 놈의 돈.

〈정형외과 병원을 차리려면 서울에 차려라〉
눈감으면 코베어가는 곳이니까.

〈대화〉
女 : 「왜 이렇게 추근 추근 뒤따라 오는 거에요?」
男 : 「아가씨가 첫눈에 쏙 마음에 들어서 그렇습니다.」
女 : 「자꾸 이러시면 소리 지를 거에요.」
男 : 「좋습니다. 지를 테면 질러 보세요.」
女 : (큰 소리로)「엄마! 나 시집가게 됐어.」

〈가장 깨끗하게 사귄 친구〉
목욕탕에서 등 밀어주다 사귄 친구.

〈고독을 즐기는 사람〉

화장실에서 오래 있는다.

〈이런 학설 안나오나?〉

참새는 정력제.   −농민들−

〈어떤 착각〉

오늘 또 월요일이구나 하고 생각한 순간 그곳은 피서지였다.

　　　　　　　　　　　　　　　　　−샐러리맨−

〈잊지 못하겠다〉

동물원 놀러 갔을 때 물개 숫놈을 보더니 히죽 히죽 좋아
하던 마누라 얼굴.

〈서민 부부의 걸작품〉

흑자 가계부.

〈물(?)때문에 애(?)먹었다〉

임산부.

〈믿거나 말거나〉

실수로 쥐구멍속으로 고무풍선(?) 하나를 빠뜨렸는데 그
후로 쥐가 급격히 줄어들었다.   −미성년자 이해불가−

〈한번도 들어가지 못한 문〉
금시초문.

〈내가 가장 좋아하는 사람〉
꽁초를 길게 남기는 사람.   걸인-

〈역사는〉
힘을 주어야 한다.   -역도 선수-

〈동반자살〉
병살타.   -야구-

〈어떤 남자〉
구멍(?) 뚫는 것이라면 자신 있습니다.   -수도 수리공-

〈내가 돈에 눈이 어두운 이유〉
원래 시력이 나쁘기 때문이다.

〈누구나 큰소리 땅땅 친다〉
웅변.

〈장인 의식을 가지려면〉
사위가 있어야 한다.

〈진짜〉
남(?) 밑에서 일한다.   −윤락녀−

〈삼각관계의 해결은〉
나에게 맡기시오.   −수학선생−

〈내 직업〉
늘 때려(?) 치우고 싶다.   −권투선수−

〈진짜 「애」많이 쓰는 사람〉
산부인과 의사.

〈강간을 다른 말로 하면〉
몸서리(?)

〈스케줄에 없는 말〉
잠꼬대.

〈팔자 좋다〉
호랑이 같은 마누라만 믿고 살면 올림픽복권 한장 맞겠지?

〈아담의 잠자리〉
이브 자리.

〈친구들 중에 최고 주당인 김가 녀석이 술자리에 빠지니까〉
김새더라.

〈당국이 제일 싫어하는 산〉
소요(?)산

〈욕인가? 위로인가?〉
잘 먹고 잘 살아라.　　　　　　　　　　　　　　－위장병 환자－

〈요즘 여자들 사이에서 사라진 절이름〉
수절.

〈궁금〉
내가 밀어준 사람중에서 성공한 사람이 몇명이나 될까?
　　　　　　　　　　　　　　　　　　　　　　　　－목욕탕 때밀이－

〈허가 받은 에누리 사업〉
이발소.　　　　　　　　　　　　　　　　　　　　－깍아주니까－

〈봉이 김선달은 대동강 물을 팔았고〉
나는 비를 팔았다.　　　　　　　　　　　　　　－고스톱 판에서－

〈이브가 선악과를 안 따 먹었다면〉
우리의 직업은 없었을 걸.　　　　　　　　　　　－스트립 걸－

〈진짜 귀중한 사람〉
귀걸이 업자.

〈국산 영화〉
성기(?)를 보여줘야 흥행이 잘 된다.　　−배우 안성기−

〈출근길 술 한잔〉
출근할 때 마누라가 뜨겁게 뽀뽀를 해주니 얼굴이 화끈 달아 올랐다.

〈초장부터 틀렸다〉
맛이　　　　　　　　　　　　　　　　　−횟집에서−

〈「불」로 소득〉
소방수 월급.

〈궁금한 것〉
나랑 맛선 보다 이뤄지지 않은 여자는 나보다 잘난 남자에게 시집 갔을까 못난 남자에게 시집 갔을까.

〈아주 솔직한 사람〉
아무데서나 방귀 뀌는 사람.

〈진짜 고민〉
여자 티켓도 판다는 일부 다방 주인.

〈봐주는 재미로 사는 사람〉
손금 봐주는 사람.

〈가을 여자〉
글자 그대로 하면 추녀가 된다. 그러면 여름 여자는 하녀?

〈피서가 따로 있나〉
술 잔뜩 먹고 밤 12시 이후 귀가하면 된다.

〈남자와 여자가 만나면〉
난자와 정자도 만나게 된다.

〈이열 치열〉
뜨거운 여자와 사는 남자.

〈히프 흔들 흔들 흔들고 다니는 여자〉
중심 잡아주는 남자 없는 여자.

〈수억원을〉
떡 주무르듯 밟고 다닌다.

-평당 6천만원 명동 땅을 걸으며-

〈자꾸 회피하는 사람〉
안주로 회는 안시키더라.

〈가슴 아픈 일〉
브래지어가 맞지 않을 때.

〈프로 시대의 프로 관중〉
어느 팀이 이기나 돈내기를 한다.

〈마누라 일기도〉
술 마실 땐 냉대기후, 월급날엔 온대기후, 잠자리선 열대기후.

〈일부러 크고 헐렁한 옷만 입고 다닙니다〉
옷깃만 스쳐도 인연이라니까.

〈만날 땐 언제나 타인〉
빚쟁이.

〈車를 한번 몰았다 하면〉
막 쓸고 다니는 사람.   -장기 고수-

〈꿈에도 그리던 써보고 싶은 감투〉
면사포.   -노처녀-

〈못해 먹을 노릇〉
밤눈 어두운 도둑.

〈나 보기가 역겨워 가실 때에는〉
위자료나 두둑이 주고 가시옵소서.　　　　　　　−이혼녀−

〈하숙생활 오래하다 결혼한 어느 남자의 실수〉
「주인 아줌마 미안해요. 아저씨가 알면 어떡하죠…」

〈여성 상위 시대가 온다면〉
「쉬었다 가세요, 아가씨.」
「예쁜 총각 있어요?」　　　　　　　　　　　−홍등가−

〈내 관찰력에 의하면〉
수업시간에 가장 말이 많은 사람은 선생님이었다.

〈선수 친다〉
만원버스를 타게된 어느 할머니, 앉아가는 학생을 보더니
왈,
「에구 미안해서 어쩌누?」

〈컴퓨터보다 더 정확하고 빠른 셈〉
현대인의 속셈.

〈누구나 부자가 될 수 있다〉
장가가서 아들만 낳으면.

〈과부들이 미치도록 싫어하는 방〉
독수공방.

〈물불 가리지 않고 먹었(?)더니〉
편식 버릇이 싹 없어졌다.   −플레이 보이−

〈공처가의 자식들〉
아빠 밥, 엄마 돈줘요.

〈현대인의 심리 셈본〉
이기주의+이기주의=사기주의.

〈재수 학원에서〉
작년에 배운건데 왜 또 가르쳐요?

〈비정상〉
살아간다는 생각을 늘 하면서 살아가는 사람.

〈미쳐〉
데이트 때는 「지루」하고 잠자리에서는 「조루」하고.
                         −우리 애인−

〈강태공의 첫날밤〉
왜 이렇게 물리지 않지?　　　　　−미성년자 이해불가−

〈술꾼 총각이 가장 좋아하는 처녀〉
해장국 잘 끓이는 처녀.

〈양초갑에 양초가 꽉 차 있을 때〉
초만원 이라고 한다.

〈신종 사기가 등장 할수록〉
더욱 더 경쟁이 치열해짐을 느낍니다.　−사기 그릇업자−

〈하루면 끝나는 병〉
월요병.　　　　　　　　　　　　　　−샐러리맨−

〈결혼전에〉
요리실습, 꽃꽂이 실습, 바느질 실습 등 다해 봤는데 이것도
해야 합니까?　　　　　　　　　　　−피임약 실습−

〈가장 무서운 자기〉
자포자기.

〈반칙〉
「여인숙」이라 해놓고 남자 손님까지 받는다.

〈파가 많이 팔릴 때를〉
「파죽지세」라고 한다.

〈상장 받으면〉
싫다.   —장기둘 때—

〈재수없는 사람에게 걸리면〉
제 몸은 부러지고 맙니다.   —다방 성냥개비—

〈내가 손만 까딱하면〉
사람이 죽더라.   야구 심판—

〈돈 버는 소리〉
「으앙, 으앙」   —산부인과 의사—

〈변변치 못한 사람〉
변비 환자.

〈그 물건은〉
살 때는 못 깍고 집에 와서 깍았다.   —연필—

〈소가 죽어서 남긴 名言〉
「고기는 냉장고에.」

〈사발이 깨지면〉
묵을 담지 않았는데도 묵사발이 된다.

〈북한 주민의 한 평생〉
恨 평생.

〈미치겠다〉
나에게 사랑을 고백할 때 미숙하게 하지 않으려고 딴사람과
미리 사랑한번 해보겠다니.

〈자꾸 살이 찌는 것 같아 살을 빼려고〉
사랑을 시작했다.

〈못 생긴 여자와 잘 생긴 여자 중〉
어느 쪽이 거울을 더 오래 볼까?

〈그녀와 내가 헤어지면서 마지막 먹은 식사〉
따로 국밥.

〈아주 긴 음악을 틀어놓고〉
화장실을 갔다 왔지.   −DJ−

〈늘 임신해 있는 물고기〉
복어.

〈추월 했지만 봐 주세요〉

노처녀 언니 앞질러서 먼저 시집가는 여동생.

〈에어로빅 댄스의 원조〉

한국의 무당.

〈사랑해! 다음의 소리〉

딸깍.   −불끄는 소리−

〈돈줄 뺙줄 잘못 찾다간〉

혼쭐 난다.

〈절대로 콧대 높은 여자 하고는 결혼 않겠다던 친구가 결혼 했는데〉

마누라가 매부리 코더라.

〈名言〉

남녀가 여관에 들어갈 때, 남자는 10분 후를 생각하고, 여자 는 10년 후를 생각한다.

〈핑계〉

양심은 있다. 그러나 양식이 없어서….   −도둑−

〈내 어릴때 씩씩한 사진을 보며〉

이렇게 될 줄은 몰랐다.   −공처가−

〈모든 남성들로 부터 폭발적인 사랑을 한몸에 받는 것〉

정력제.

〈스릴 만점〉

내가 지금 바람 피우는 걸 마누라가 알까 모를까?

　−마누라 없는 사이 연탄불 꺼뜨리고 불 붙이는 공처가−

〈술집 여자들의 대화〉

「얘 오늘 계장, 차장, 부장, 국장 다 오신대.」

「그럼 난 화장해야 겠구나.」

〈시한 폭탄〉

12시 전까지 안들어 가면 폭발하는 마누라 성깔.

−공처가−

〈마누라가 밤을 맛있게 구워서 서비스를 해준다〉

아무래도 밤에 서비스 잘해 달라는 말 같다.

〈행복인가? 불행인가?〉

빚더미 쌓인 사람이 기억 상실증에 걸렸다.

〈대화〉

잠자리에 든 신혼부부가

「자기 지금 몇시야?」

「한시… 흥분이야.」

〈혹시〉

아기에게 젖먹이기 전에 설탕을 잔뜩 먹으면 젖이 달게 나오지 않을까.

〈좌우명〉

좌우를 잘 살피는 것.   −길 건널 때−

깔 깔 퀴즈

미역장수가
제일 좋아하는 산은?

출산

절대로 쓰러지지 않는 사업은?

건재업

먹고 살기 위해 찾는 책은?

호구지책

절대 걱정 없다고 자부하는 장사는?

안심구이 장사

가장 무서운 상사는?　　　　　**불상사**

유부녀만 좋아하는 남자는?

산부인과 의사

서민들이 가장 좋아하는 영화는?　**부귀영화**

손님 앞에서 절대 웃지 않는 사람은?

장의사

가장 어렵게 지은 절은?   **우여곡절**

우여곡절술집 아가씨 보고 숫처녀냐고
물었다면 아가씨가 뭐라고 했을까요?   **미친놈**

언제나 땅땅 거리며
사는 사람은?

철공소 직원

돈을 받고 울상이 되고 돈을
주고 좋아하며 나오는 집은?

전당포

브래지어의 순수 한국말은?   **헝겊젖싸게**

직업상 목욕을 안 하는 사람은?   **걸인**

잠수기록 세계 제1인자는?

심청

하나도 둘도 아닌 여자는?　　　**임신한 여자**

새발의 피로 팔자 고친 사나이는?　　　**흥부**

새우의 허리가 굽은 이유는?

늘 새우잠을 자기 때문

찔러도 피한방울 안 나오는 사람들은?

마네킹

항상 흑심을 품고 있는 것은?　　　**연필**

눈 깜짝할 사이에
이루어지는 것은?

윙크

항상 광내고 다니는 직업은? **구두닦이**

세계에서 가장 짧은 CM송은? **뻰!**

단 한 개를 가지고도
평생을 써먹고 남겨
놓을 수 있는 것은?

이름

도둑이 훔친 돈을 무엇이라 할까요?
슬그머니(Money)

진짜 빌어먹고 사는 직업은? **무당**

백만장자가 되면 자살할 사람은?   **억만장자**

가장 바쁜 사람들이 마시는 술 이름은?

동분서주

홈런 치면 절대
안되는 운동은?

탁구

세계에서 가장
두렵고 잔인한 총은?

눈총

늘 화장실이 급한 여배우는?

소피마르소

뼈아픈 실수만 기다리는 사람은? **접골원장**

없으면 못 팔고 있어도 못 파는 것은? **못**

먹을수록 배고픈 약은?

소화제

매일 고스톱을 해야 먹고사는 사람은?
교통순경

달면 뱉고 쓰면 삼키는 사람은? **당뇨병 환자**

발버둥 치며 사는 사람들이 제일 많은 곳은?
수영장

역대 왕 중에서 식욕이 가장 왕성 하셨던 분은?
신라 진지 왕

실업자 되면서 받는 돈은?

정년 퇴직금

진짜 눈 코 뜰 새 없이 바쁜 일은?　　**잠**

대포 집에 항상 구비되어 있는 타악기는?

젓가락

세월을 속이는 약은?

머리염색약

진짜 끝내주는 여자는?

이혼하는 여자

201

눈 나쁜 플레이보이가
밤마다 끼고 자는 것은?

콘텍트 렌즈

늘 패싸움만 하는 사람은? **바둑기사**

주로 계몽하기 위해 스타가 된 것은?

포스타

세탁소 주인이 좋아하는 차는?

구기자 차

고향을 그리워 하는 사람이 모으는 병은?

향수병

술자리에 안주로 꼭 나오는 배는? **건배**

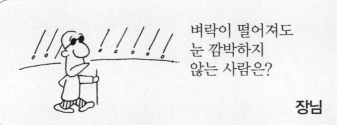

벼락이 떨어져도
눈 깜박하지
않는 사람은?

장님

늘 무게 잡고 다니는 사람은?　　**역도 선수**

아부 잘하는 사람들이 잘 뀌는 방귀는?

알랑방귀

장사 안되는
가게의 단골손님은?

파리

손으로 만지작 거리면 점점 더 커지는 것은?

부스럼

권투 선수가 가장 싫어하는 사발은?　　**묵사발**

203

야그 개그

색시를 얻으려면 처녀이기를 바라지만, 처녀인지 아닌
지를 판별할 방도가 없다. 그래서 그 방면의 도가 트인 도
사에게 상의한 결과, 도사가 이렇게 결론을 내렸다.

「첫날밤에 말일세, 자네 그것을 내보이란 말일세. 그것이
무엇인지 모르면 틀림없는 처녀가 분명하지.」

도사의 말에 따라 결혼 초야에 그는 그것을 내보이며 이
것이 뭐냐고 물으니, 색시는 정확히 그 용도를 알고 있는
것이 아닌가. 그 길로 이혼해 버리고, 다음 색시에게 시험
해 봤다. 그러나 한결같이 모두가 잘 알고 있으며, 그 중
에는 품평까지 곁들이는 아가씨도 있는 판이다. 화가 난
사나이는 내친걸음에 젖비린내 나는 애숭이와 결혼을 하

고 그녀에게 물었다.

「이게 뭔지 아느냐?」

「모르겠어요.」

사나이는 됐다 싶었다! 그래서 감격어린 목소리로,

「이건 사내들에게만 있는 건데…….」

하고 자세히 설명해 주려하자, 색시는 시큰둥한 표정으로 중얼거리는 것이었다.

「이게 그거라니 실망이네요……. 이렇게 작은 건 처음 봐요.」

아내가 남편의 물건을 매만지며 장난기가 섞인 말투로 말했다.

「이게 뭐죠?」

「선생님이시지.」

「어마, 그래요? 이집에 가정교사 자리가 있는데, 들어가 보시겠어요?」

그래서 맹렬히 불타오른 후, 남편이 말했다.

「이번 선생님은 어떻던가?」

「훌륭했어요. 가르치는 방법도 능숙했고……. 그러나 오래 지속하지 못하는 것이 옥에 티였어요.」

중국의 H. 포르노 소설에 「연시」라는 명기의 이야기가
나온다. 이것은 '천 마리의 토룡(土龍)보다도 한 수 위라고
한다. 연시라는 것은 그 안이 평범한 살벽(肉壁)이 아니라
주름진 연시처럼 옥문으로부터 안으로 연결되어 있다.

남근이 침입하면 그 하나는 주름을 털고 팽창하는가 하
면 다른 하나는 깊은 주름을 잡는다.

그 절묘한 움직임이 남근을 쓰다듬는가 싶으면 강하게
압박하는 등 천태만상의 변화를 보이는 것이다.

그 움직임은 지렁이나 뱀이 기어가는 것에 비교가 되지
않을 만큼 중후하고 압도적이어서, 일단 그 무릉도원을 헤
맨 남근은 두고두고 그 열락을 잊지 못한다. 기는 물건위
에 나는 물건이 있는 법이다.

오른쪽 유방에 종기가 생긴 부인이 의원에게 찾아가 보
였다. 그런데 의원은 종기가 난 유방은 거들떠보지도 않
고, 왼쪽 유방만 주물러대는 것이 아닌가. 부인이 의아해
서 물었다.

「아픈 곳은 오른쪽입니다.」

그러자 의원은 천연덕스럽게 말했다.

「치료라는 것에는 순서가 있는 법, 우선 전염이 되지 않도
록 왼쪽부터 충분히 주물러 두어야 피가 통한단 말입니다.」

술집 여자가 형사부장에게 조사를 받고 있었다.

「주소 성명은?」

여자는 교태가 넘치는 얼굴로,

「어머, 그건 알려드려도 소용이 없을 거예요. 어차피 형사부장님 정도로는 나를 부를 돈이 없을 테니까요」

라고 말했다.

선생님: 백제의 마지막 왕은 의자왕이에요.

(선생님이 한참 가르치고 있는데 한 학생이 졸고 있는 걸 뒤늦게 발견했다.)

선생님: 거 졸고 있는 학생 일어나!

(교탁을 치자 졸고 있던 학생이 벌떡 일어났다.)

선생님: 백제의 마지막 왕은 누구니?

(옆에 있던 짝이 걸상을 툭툭 치며 가르쳐 주었더니)

학생: 걸상왕입니다.

선생님: 두 사람 모두 앞에 나와서 손들고 있도록.

있을 듯 하면서도 없는 것은 호주머니 돈이오.

없을 듯 하면서도 있는 것은 술값이로다.

많은듯 하면서도 적은 것은 하숙집 방이오.

적을 듯 하면서도 많은 것은 술집 외상값이라.

잡힐 듯 하면서도 안 잡히는 것은 여자 손목이오.

안잡힐 듯 하면서도 잡히는 게 선술집 탁주잔이로다.

①아이큐 30과 40인 두 학생이 중간고사를 보고 난 다음 고민을 한다.

아이큐 40: 난 오늘 하나도 몰라서 백지로 냈다.

아이큐 30: 어, 큰일 났네. 선생님이 보시면 컨닝했다고 하겠어.

아이큐 40: 왜?

아이큐 30: 나도 백지로 냈단 말이냐.

(한참 생각하더니)

괜찮아, 난 이름을 쓰지 않았거든.

아이큐 40: 다행이야.

②두 사람이 장마철에 만났다.

아이큐 30: 저 밤하늘에 별이 왜 많이 떠있는지 아니?

아이큐 40: 에이 바보, 그것도 모를까봐. 그건 비가 새는 구멍이야.

아이큐 30: 정확히 알고 있구나.

딸의 모습이 아무래도 이상하였다. 왠지 배가 불러 있는 것처럼 보인다.

어느 날 어머니가 딸을 조용히 불러 사실을 물으니 예감이 그대로였다. 이미 5개월이 되었다는 것이다. 남편은 이 소식을 듣고 아내를 꾸짖었다.

「이런 일이 생긴 것은 당신의 감독 소홀 때문이야. 요즈음 아이들은 조숙하니까 단단히 열쇠를 채워두어야 했단 거야!」

이 말을 듣고 있던 딸이,

「아버지, 그건 모두 헛수고예요. 그 열쇠 구멍은 어떤 열쇠로도 열리거든요.」

브래지어의 사이즈가 있는 것은 다 아는 사실이다. 85, 90, 95….

생리 때에도 주니어, 레귤러, 수퍼의 3단계가 있다. 주니어나 레귤러라면 별로 이상할 게 없지만, 수퍼라면 겁이 날 무식한 남성도 있을 법하다. 만약 애인이 수퍼를 착용 중이라면 마치 연못에서 헤엄을 쳐야 할 판국이 아닐까 하고 지레 겁을 먹을 수도 있기 때문이다.

그러나 안심하시라. 그런 생각은 멘스가 없는 남성의 무지의 소산일 뿐이다. 즉 생리대의 대？중？소는 흡수력의 차이를 나타내는 것으로써, 생리의 초일에는 양이 많으므로 수퍼를 사용하고 적어짐에 따라 레귤러나 주니어를 사용하게 되는 것이다. 혹시 이런 것을 선물할 때는 대？중？소를 다 갔다 주도록 하는 것이 예의일 것이다.

그는 교통사고로 성기가 절반쯤 잘려 버렸다. 하지만 의사가 교묘하게 치료해서 무사히 퇴원하게 되었다. 그 사실을 안 친구가 어느 날 거리에서 만나 궁금해서 물었다.

「수술의 결과는 어떤가?」

「그저 그래. 사실은 수탉의 목을 붙인 것이야.」

「그거 신기한 이야기군.」

「덕택으로 아내를 실망시키지 않게 되었지만 곤란한 것은 아내에게 다가서면 '꼬꼬댁' 하고 운단 말이야.」

짱구가 결혼을 하자마자 그날 밤으로 색시의 엉덩이를 공략하려하자,
「틀립니다. 그쪽이 아닙니다.」
하고 색시가 질색을 한다.
「그럴 리가 없어. 내가 어려서부터 배운 바로는 이것이 옳아.」
「천만에요, 제가 어려서부터 배운 바로는 그렇지가 않아요.」

의과대학에서 교수가 의학과 학생에게 질문을 하였다.
「모유가 동물의 젖보다 우수한 이유를 들어 보게.」
지명을 받은 학생이 한참을 생각하고 있더니 이렇게 대답했다.
「첫째로 용기(用器)가 훨씬 아름답습니다.」

어느 주간지의 내용이다.

사장인 K와 그의 여비서 B양이 그렇고 그런 사이여서 관계가 오래 지속되었다. 어느 날 침대 위에서 여비서가 행위 중에 동작을 멈추고 사장에게 말했다.

「사장님, 나 밍크코트 사 주세요.」

「그런게 문제야. 어서 계속해.」

「나, 밍크코트 갖고 싶어서 그래요.」

「알았어. 내일 당장 사 줄게. 어서….」

그러나 일이 끝나고 며칠이 지나고 사장은 꿩 구워 먹은 얼굴이다. 마침내 그 여비서는 약속불이행으로 소송을 제기했다. 그러나 재판장의 판정이 걸작이다.

「섹스 중의 약속은 정상적인 판단력을 결여했기 때문에 법적인 구속력이 없다.」

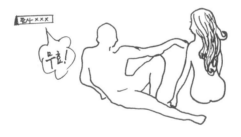

회의중 김일성이 방귀를 뿡! 하고 뀌었다.

김정일: 어떤 동무래 방귀를 뀌었네?

김일성: 정일아, 애비다 애비.

김정일: 동무들 방귀도 생산이 에이요. 박수까라우.

모두들 손바닥이 터져라 박수를 깠다.

결혼식을 올리게 된 전날 밤에 어머니가 딸에게 첫날밤의 교훈을 일러 주고 있었다.

「애야, 내일 밤 남편이 무슨 짓을 해도 절대로 울거나 놀라서는 안돼! 너 전에 본 적 있지? 길에서 개들이 이상한 짓을 하는 것을. 남자와 여자도 그와 똑 같은 일을 하는 거란다.」

이튿날 신부는 어머니를 찾아와서 훌쩍거리면서,

「그런데 그이가 개처럼 하지 않았단 말이야….」

장님 홀 애비가, 혼자 우두커니 앉아 자기의 그것을 끄집어내어 손으로 주물럭거리고 있을 때, 이웃집 아낙네가 느닷없이 들어왔다.

혼자 사는 게 불쌍하고, 또 그 물건이 워낙 건대한 게 탐스럽기도 했다.

후다닥 방으로 들어가 껴안고 입으로 삼키며, 한바탕 시원스럽게 해치웠다.

그리고 나서 슬그머니 뺑소니쳤다. 홀 애비 장님은 감격의 눈물을 흘렸으나, 그 누가 이런 두터운 호의를 베풀어

주었는지 사뭇 궁금하였다. 이튿날 아침, 일찍 일어나서 바로 이웃집부터 찾았다.

「어제 일은 참으로 고마웠습니다.」

그 집 아주머니는 무슨 영문인지 몰라,

「고맙긴 뭐가 고맙단 말요?」

「아이쿠, 이 정신 좀 봐, 잘못 들렀군요.」

그다음 집을 찾아 갔다.

「어제는 참 고마웠소.」

이러기를 대여섯 집하고 마지막 한 집에 들어가서 역시 같은 소리를 하니, 그 집 마누라가 뛰쳐나오며,

「쉬- 쉬-, 뭐 그리 고맙다고. 지금 주인이 안에 있으니, 내 이따가 들리지요.」

「옳지, 어제 고맙게 굴던 여인이 바로 여기로구나.」

장님은 속으로 흐뭇해하고 웃었다.

벽에 실례하는 일이 많아 빨간 글씨로 '소변금지' 라고

쓰고 가위까지 그려놓았다. 그런데도 실례하는 사람이 있어 범인을 잡게 되었다

갑: 당신, 글씨도 못 읽소. 이 그림도 안 보이고.

을: 글씨도 읽고 그림도 봤으니까 여기에 있지 않소.

갑: 뭐요? '소변금지' 콱!

을: 이게 무슨 '소변금지'요. '지금변소'지. 가위는 엿장수 마음대로 아무 때나 이용하라는 것 아니오.

갑: 아니, 오른쪽으로 썼는데 왼쪽으로 읽으면 어떡해.

밤중에 남편이 아내 쪽으로 손을 뻗쳤으나 아내가 그 손을 뿌리치며,

「못 써요, 오늘 밤은. 내일 절에 가기로 한 것을 잊으셨나요? 부정을 타면 안 되니 참으세요.」

남편은 단념하고 잠들어 버렸다. 그러자 이번에는 아내의 생각이 간절해졌다. 안절부절 하다가 문득 귀를 기울이니 창 밖에는 비가 오고 있었다. 아내는 생기 오른 말투로 남편을 마구 흔들어 깨웠다.

「여보, 됐어요. 비가 오니 절에 가기는 다 틀렸어요.」

어느 부부가 의사를 찾아와 결혼 후 몇 년이 지났으나

아이를 낳지 못한다고 의사에게 호소를 해왔다. 의사는 호르몬요법을 권했으나 반년이 되어도 효과가 없었다. 그래서 수술밖에 없다고 생각해서 먼저 부인을 수술키로 하고 남편의 입회를 허락했다. 아내는 수술대에 올랐고 간호원이 예의 그곳의 숲을 헤쳤다. 그러자 남편이 얼간이처럼 소릴 질렀다.

「이게 어떻게 된 거야! 숲 속에 그런 입이 열려 있으리라고는 나는 생각조차 못했어요!」

어느 무더운 여름. 모두가 밖으로 나가 해풍에 더위를 식히고 있었다. 어떤 집의 4층에서 더위에 시달리다 못한 한 처녀가 창을 열어 놓은 채 알몸이 되었다. 그 맞은편의 같은 높이의 방에서 젊은 사내가 그 또한 알몸이 되어 있었는데,

「이제 더 이상 참을 수 없게 되었어. 이 산 다리를 건너서 이리 오라구.」

하고 여자에게 소리쳤다.

처녀는 산 다리를 곰곰이 바라보더니,

「나도 가고 싶은데 돌아올 땐 어떻게 하면 돼?」

요즈음 여성상위시대라고 해서 섹스에서도 여성상위의 체위가 유행하기 시작했는지도 모르지만 애매하기 그지없는 현상이다.

그런데 「엎드려 뻗쳐」 운동은 근거가 희박한 회춘법이나 홀몬제보다 더 효과적인 강정법(强精法)이라고 한다.

섹스에서 위로 올라가는 쪽이 「엎드려 뻗쳐」의 자세와 흡사하게 되는데 늘 위쪽에 위치하고 열심히 움직이는 쪽이 섹스에서도 강해진다는 것이다.

따라서 여성상위가 보편화될수록 여성의 섹스는 강해진다는 결론이 나온다.

순이가 물었다.

「넌, 언제나 정상체위냐?」

호순이가 얼굴을 붉히며,

「응, 그래.」

「그건 재미없어. 섹스는 가끔 스타일을 바꿔야 신선한 맛이 나는 법이야.」

그러나 호순이는 웃었다.

「그러나 걱정마. 나는 스타일은 언제나 같아도, 상대방을 바꾸는 것이 더 신선한 감이 들더라 애.」

누나가 샤워를 하고 있는 것을 열쇠 구멍으로 꺼벙이가 엿보고 있었다. 어머니가 그를 보고 엄히 작은 소리로 꾸짖었다. 하지만 호기심 덩어리인 꺼벙이가 갑자기 어머니에게 물었다.

「누나의 배 밑의 검은 게 뭐야?」

어머니는 대답이 궁한 나머지 잠시 망설이다가,

「그건 칫솔이야.」

「그래? 그럼 요즈음 아버지는 누나 칫솔로 이를 닦는 거구나!」

어떤 스트립걸이 무대에서 무화과의 커다란 잎을 손에 들고 춤을 추며 능숙하게 치부를 가렸다. 관객들이 일제히 흥분하여,

「저 잎을 치워 버려!」

하고 고함쳤다. 그러자 스트립걸은,

「지금은 여름이니까 잎이 무성하지만 가을이 되면 자연히 떨어질 거예요.」

한 여자대학에서 중년의 여교수가 이렇게 말했다.

「여러분, 여자에겐 정조가 가장 소중합니다. 만일 사내의

유혹을 받아도 한 시간의 쾌락을 위해 일생이 엉망이 되어도 좋을지 어떨지를 가슴에 손을 얹고 생각해 보세요.」

그리고 흑판에 커다랗게 '정조'라고 썼다. 여교수가 돌아서니 교탁 위에 작은 종이 쪽지가 올려져 있었다. 무심코 손에 들고 보니,

「교수님, 쾌락을 한 시간이나 가질 수 있는 방법을 가르쳐 주세요」라고 씌어 있었다.

한 짖궂은 학생이 음악다방에 들어가 메모지에다 이렇게 썼다.

「DJ 아저씨, 수고 많으십니다. D？D？D가 무엇의 약자인지 아십니까? DJ, 대가리, 돌대가리입니다.」

이를 받은 DJ가 다시 메모를 보내왔다.

「D？D？D란 당신 대가리도 돌대가리란 뜻도 됩니다.」

학생은 자신의 머리가 돌대가리인가 싶어 두둘겨 보았다.

큰 비가 쏟아지고 천둥이 야단스러울 때 길손 서너 사람이 인가의 문간에서 비를 피하고 있었다. 옆에서 한 젊은 여자가 역시 비를 피하고 있었는데, 얼굴이 곱다랗고 옷을 잘 차려 입어 귀티가 났다. 번개가 치고 천둥이 날뛸 때,

여자는 겁이 나서 벌벌 떨었다. 이때 한 짓궂은 친구가,

「좋은 물건을 두고도 안 빌려 주는 사람한테 벼락이 떨어졌으면 내 속이 시원 하겠어」

하고 히죽이 웃었다. 그러자 여자는 떨리는 목소리로 말했다.

「손님, 손님이 빌려 달래서 안 주면 몰라도 청하지도 않고 공갈부터 치기에요?」

여자와 한 배에 타게 된 중이 여자 쪽만 흘끔흘끔 훔쳐보고 있었으므로 여자는 화를 내면서 중의 **뺨**을 세차게 갈겼다.

「이건 너무하지 않소? 보지 말라고 할 것이지 ….」

중은 강 건너에 닿을 때까지 조용히 눈을 감고 다시는 여자를 쳐다보지 않았다. 그러나 중이 배에서 내리려고 했을 때 그 여자는 또다시 중의 **뺨**을 때리는 게 아닌가!

「내가 무슨 잘못을 저질렀다는 겁니까?」

중이 항의하자 여자는 그를 쏘아보며,

「아무리 눈을 감고 있었다 해도 머릿속으로 내 생각을 하고 있었지 않소?」

속담을 영어로 바꾸면,

① 암탉이 울면 집안이 망한다.

　=암 치킨 꼬꾸댁, 하우스 이즈 어 폭싹.

② 잠자는 사자의 콧털을 건드리지 말라.

　=쿨쿨 라이온스노스 털 노타치.

③ 두 사람이 먹다가 한 사람이 죽어도 모른다.

　=투맨 쩝쩝 완맨 꽥 아이 돈 노우.

부부가 대낮에 욕심이 동해서 견딜 수가 없었다. 그러나 방에 막내 아이가 놀고 있어 잠자리에 들 수가 없었다. 마침내 어머니가,

「아가야, 너 잠시 이웃집에 놀러 가지 않겠니? 이웃집 아주머니가 널 보고 싶다고 하더구나.」

하고 말했다.

「응, 그럴게.」

아이는 시키는 대로 밖으로 나갔다. 부부는 이제 마음 놓고 대담한 포즈를 취할 수가 있었다. 그런데 정신을 차리고 보니, 어느 틈엔가 아이가 돌아와 부모가 하는 것을 멍청히 바라보고 있는 것이 아닌가! 기겁을 한 어머니가,

「왜 벌써왔어!」

「가래요. 이웃집에서도 똑같은 짓을 하고 있어요 …….」

221

「젊은 처녀들이 사내가 사랑을 고백할 때 반드시 아래를 바라보는데 그게 어떤 이유인지 아는가?」

「그거야 부끄럽기 때문이지.」

「아냐, 틀려. 사실인지 아닌지 바지의 그 고도를 확인하려는 거야.」

그림처럼 아름다운 아가씨가 핸섬한 젊은이와 마주앉았다.

「우리 심심한데 호떡내기 주사위놀이라도 할까요?」

아가씨가 추파를 던지며 제안했다.

「호떡내기는 뭐하군요. 혹시 낭자와 사랑내기를 한다면 몰라도….」

「사랑내기? 그게 뭔데요?」

「간단합니다. 낭자가 지면 나와 함께 자야합니다.」

「댁이 지면?」

「그럼 할 수 없이 낭자와 자야지요.」

어떤 남자가 운전을 잘못해서 사고를 냈다. 다행히 부상은 입지 않았으나 차의 앞부분이 찌그러져 버렸다. 그는 겨우 차를 빠져나오면서,

「빌린 것이 이 모양이니….」

하고 걱정이 되어 중얼거렸다.

이때 젊고 예쁜 여자와 그 앞을 지나던 신사가,

「맞아요. 차와 여자는 남에게 빌려 주지 말라고 했어요.」

하고 참견을 했다. 그러자 그는 그의 여자를 힐끔힐끔 바라보면서,

「여자는 걱정 없습니다. 상처 하나 내지 않고 그대로 고스란히 돌려 드릴테니까요.」

어떤 마누라가 버선을 지어 남편에게 주었다. 남편이 신으려니 작아 들어가야지. 그는 혀를 차며 아내한테 푸념을 했다.

「제기랄 것, 재주가 기껏 요것뿐이야?」

「작아야 할 건 우라지게 커서 쓸 수도 없고, 커야 될 건 작아서 발이 안 들어가고…….」

그 소리를 들은 마누라도 가만 안 있는다.

「임자 물건은 변변한 줄 아세요? 커야 할 건 커지지 않고, 커서는 안 될 발만 나날이 커가면서…….」

젊고 아름다운 아내를 둔 놀부가 부득이한 일로 여행을 하게 되었다. 그러나 집을 비운 사이의 아내의 일이 몹시

마음에 걸렸다.

「걱정도 팔자십니다. 당신이 돌아오실 때까지 늘 당신 생각만 하겠으니, 어서 길을 떠나셔요.」

「하지만 멀리 떨어져 그걸 어떻게 확인할 수가 있지?」

「그렇다면 이렇게 생각하세요. 만약 당신이 제체기를 하시면 그것은 제가 당신을 생각하고 있다는 증거로 아세요.」

그렇다고 뾰족한 수가 있는 것도 아니고, 의심을 하자면 한이 없는 일이라 사내는 길을 떠났다. 그리고 며칠 후, 그의 곁을 스쳐가면서 중 하나가 크게 제체기를 하는 것이 아닌가. 순간 돌아선 사내가 중을 쥐어박으며,

「이놈의 땡 초승, 내 마누라를 건드렸구나!」

산타크로스 할아버지가 작은 굴뚝을 겨우 내려갔는데 그 방에는 전라의 근사한 여인이 혼자 자고 있었다.

「제기랄! 또 틀렸군!」

하고 그는 중얼거렸지만 자고 있는 미녀를 한참 바라보고 있는 동안에 산타 할아버지는 진퇴가 분명치 않은 소리로 말했다.

「곤란하군! 이 여인에게 무엇인가를 하면 난 이제 천국에 갈 수 없을 테고 그렇다고 아무것도 하지 않고 가려면 이 놈이 걸려 굴뚝에 오를 수가 없지 않아!」

첩을 두고 있는 사나이가 모처럼 아내와 잠자리를 함께 했다. 아내가 투정을 했다.

「아아, 당신의 몸은 이곳에 있지만 마음은 필시 그년에게 가 있겠구려. 아이, 분해라!」

「분할 것까지 뭐 있소. 내일부터라도 몸은 그쪽에 가 있으리다. 마음은 당신 곁에 두고…….」

한 사내는 아내가 잘 다니는 산부인과 병원을 찾아가 원장에게 호소했다.

「아내가 몸이 무거워지고부터는 전혀 만족하지 않으니 이것을 어쩌면 좋습니까?」

「그건 곤란하겠지. 당신은 손가락을 쓰나요?」

「아니오, 손가락 따위는 안 씁니다.」

「그러니까 느끼지 못하는 거요. 부인은 임신한 뒤로 물건보다 손가락에 민감해진 모양이요. 실제로 내가 진찰하는 중에도 세 번이나 느껴서 애를 먹었으니까요.」

본처와 첩 사이에 살벌한 씨앗싸움이 벌어졌다. 남편이라는 사람은 내심 첩 쪽을 사랑하고 있었지만, 본처의 체면상 첩을 심하게 꾸짖을 수밖에 없었다.

「너 같은 여자는 죽여 없애버리겠다. 이 칼을 받아라…….」

기겁을 한 첩이 울음보를 터트리며 건너 방으로 도망쳤다. 서방이 그 뒤를 쫓았다. 본처는 남편의 서슬에 겁이 났지만, 속으로 후련했다. 그러나 아무리 귀를 기울여도 비명소리가 들리지 않는다. 본처는 의아스럽게 생각하고, 살며시 건너가 문틈으로 안을 들여다보곤 놀랐다. 두 몸이 한데 엉켜 쾌락의 늪을 허우적거리고 있는 것이 아닌가!

본처는 뛰어들어 남편의 몸을 잡아 떼어놓고 애원했다.

「제발, 나 먼저 죽여주시오.」

젊은 여자가 약국엘 오더니,

「이번 카페리호로 세계를 일주하게 되었는데 배 멀미약

다섯 상자와 콘돔 열 상자를 주세요.」

약사는 두 물건을 그녀에게 건네주고는,

「그렇게 배 멀미에 약하면서 어째 그보다 훨씬 흔들리는 짓을 하려는 거지?」

여인이 피살체로 발견되었다. 그녀의 질 속에는 정액이 있었다. 명백한 강간살인이다. 오르가즘에 도달한 여성은 사나이에게 목을 눌러달라고 애원했으며, 그녀는 새디스트적 변태성욕자였다.

억울하게 붙잡혀 쇠고랑을 찬 혐의자는 여자의 요구를 따르다가 힘이 과도하게 작용한 것이다. 그래서 과실치사죄로 판결을 받았다.

법의학적으로 강간 여부를 규명하는 비법도 있고, 피해자의 허벅지를 째보는 방법도 있다. 둘이서 진실한 사랑을 나누었다면 피는 흐르지 않으나, 폭력에 의한 강간이었다면 피하익혈(皮下盆血)로 고인 시커먼 피가 흘러나온다. 즉, 자기의 의사에 따랐느냐 폭력에 의했느냐를 알 수 있는 것이다.

첫날밤을 맞이한 신혼부부가 자리에 들기 직전, 신랑이 무엇인가 정제를 먹는 것이었다. 신부가 의아해서 물었다.
「어머, 강정제?」
「아니.」
「알겠어요. 남성용 피임제군요.」
「천만에.」
「그럼, 그 약이 뭐예요?」
「음, 난 탈 것에 올라타면 멀미를 하는 체질이라서….」

남편이 예정보다 빨리 여행에서 돌아오자 아내가 침대에서 낯선 남자의 품에 안겨있었다. 남편은 놀라서 화를 내었다.
「이게 뭐야! 이 사내는 누구야!」
그러자 아내는 얼이 빠진 소리로,
「어머 그러게요? 당신 대체 누구예요?」
하고 사내에게 물었다.

밤이 깊어 가는 어느 호텔의 한 침대에서 사내가 웃었다.

「당신 부모는 완고하다는데, 만약 아이가 생기면 어쩌지?」

「자살해버리죠, 뭐.」

그러자 사내는 싱긋 웃으며,

「그래? 그거 다행이군. 한 번 더 잘까?」

아름다운 부인이 자수사에게 와서,

「이 쇼트 팬티에 문자를 수놓아 주세요.」

하고 말했다.

「어떤 문자지요?」

「이 글자를 읽으면 손을 빼시오.」

「그럼 서체를 무엇으로 할까요?」

「점자로 해 주세요.」

신혼여행 첫날의 호텔 욕실 속에서 일이다. 신랑의 앞부분에 눈이 간 신부가 눈을 꽉 감았다. 그러자 신랑이 감싸듯 말했다.

「그토록 부끄러워할 건 없어. 남성의 심볼이니까…….」

그러나 신부는 탄식하듯 말했다.

「알아요, 그러나 중매인이 말했어요. 신랑의 결점에는 눈을 감아 주는 것이라구요.」

딸이 옆자리의 어머니에게,
「내 오른쪽 자리의 사람이 아까부터 내 허벅지를 자꾸만 더듬어요.」
하고 작은 소리로 말했다. 그러자 어머니는,
「어머, 나쁜 놈이구나. 자, 나하고 자리를 바꾸자.」
하고 자리를 바꿔 앉았다. 그런데 5분이 지나자 어머니는 교태스런 미소를 지으면서 사내의 귀에 소근 거렸다.
「당신, 그렇게 조심하지 않아도 좋아요.」

신랑이 첫날밤을 맞았다. 신랑은 만 가지 환상에 어쩔 줄을 몰라 입을 크게 벌리고 합환을 하려고 이불 속으로 손을 밀어 넣어 더듬는데 아무리 다듬어도 신부의 두 다리가 잡히질 않는다.

신랑은 대경실색하여,

「이거 내가 다리 없는 아내를 얻었구나!」

하고 놀라 일어서더니 신방을 박차고 나가버렸다. 이를 전해들은 장인이 조용해 딸을 불러 연고를 묻자 딸은 시큰둥해서 말했다.

「신랑이 그 일을 행하려 하기에 제가 먼저 다리를 들었을 뿐인데요, 뭐.」

「**넌** 지구가 회전하고 있는 걸 확실히 느낀 때가 있었니?」

「없어, 한 번도.」

「넌 진짜로 키스해 본 적이 없구나.」

코골기와 섹스와는 직접, 간접적인 관계는 없지만 일이 끝난 뒤의 무드에 지대한 영향을 끼친다.

코골기는 일종의 병으로서 턱이 짧고 비만형의 여성에게 많다. 특히 섹스 후에는 모든 근육이 치완 되어서 가일층 심한 코를 곤다. 남성은 저음의 단속형이고 여성은 고음의 포효형이 많다. 단, 성욕이 센 여성은 비교적 조용하다. 또한 잠버릇이 고약한 여성일수록 코골기가 심하며 나이가 들수록 더하다.

남편이 회사에 가고 없는 사이에 아내가 이웃집 젊은이를 끌어들여 톡톡히 재미를 보고 있었다. 그때 술 취한 남편이 들이 닥쳐 젊은이는 신발을 챙길 겨를도 없이 창 너머로 달아났다. 느닷없이 남편은 신발을 주워 들고,

「이게 누구 거지?」

하고 소리쳤다. 각오를 한 아내는 모른다고 끝끝내 잡아뗐다.

「좋아! 내일이면 밝혀지겠지.」

남편은 그 길로 곯아떨어져 잠들고 말았다. 그 사이 아내는 약삭빠르게 남편의 신발과 바꿔쳤다. 이튿날 아침, 남편은 머리말에 놓인 신발을 살펴보고,

「어제 밤에는 내가 술이 취해 심한 소리를 한 것 같구려. 창을 넘어간 것도……. 그것도 나였겠구려.」

영화관에서 복부인의 지갑을 훔쳤다고 해서 젊은 사내가 재판에 회부되었다. 재판관이 그 복부인에게 물었다.

「지갑은 어디에 넣었습니까?」

「스커트의 안쪽 포켓입니다.」

「그럼 범인은 스커트 자락 안으로 손을 뻗은 것이군요.」

「네, 그렇습니다.」

「그런데 당신은 그것을 몰랐습니까?」

「아니오? 알고 있었습니다.」

「그럼 왜 그때 그 자의 손을 뿌리치지 않았습니까?」

「난, 지갑이 목표라고는 생각지 못해서…….」

새 아씨가 첫날밤을 보내고 계집종의 인사를 받는 자리에서 시큰둥하게 물었다.

「서방님한테 첩이 있느냐?」

「없사옵니다. 절대로.」

계집종의 대답에 화가 잔뜩 난 새 아씨가 호통을 쳤다.

「너는 어찌 나를 속이려 드느냐! 첩이 없고서야 어찌 밤일을 하는 솜씨가 그다지도 능숙하실 수가 있단 말이냐!」

지하실 바닥이 축축했다. 포도주통이 갈라져 새고 있는

모양이었다. 신부는 하녀를 데리고 가서 벽에 늘어서 있는 통을 열심히 조사했으나 어디서 새는지 도무지 알 수가 없었다. 그리하여 하녀에게 통 위쪽을 살펴보도록 일렀다.

이때 하녀는 통 위에 배를 걸쳤는데 스커트가 덜렁 걷어 올려졌다.

익살스러운 신부다,

「이봐, 갈라진 금을 찾았어!」

하고 고함을 쳤다.

「어머! 잘 됐어요. 빨리 메워 주세요, 신부님.」

신부는 기꺼이 대답하고 갈라진 금을 메워 주었다.

어느덧 과년한 나이가 되어서, 사내를 보는 눈빛이 달라진 딸년이 이웃 총각에게 당한 것을 안 부모가, 선선히 몸을 내맡긴 딸을 호되게 꾸짖었다. 딸은 정정당당히 말을 했다.

「하지만 무지막지한 사내의 힘을 제가 어찌 당해요?」

「왜, 입이 없니?」

「큰 소리로 사람을 불렀더라면 무사했을 텐데…. 이거야 원 동네가 창피해서…….」

「그건 무리에요. 어머니, 저도 소리를 지르고 싶었어요. 그러나 그때 제 입속에는 그 녀석의 혀가 들어와 있었으니 어떻게 해요.」

112의 전화가 울렸다. 어느 제약회사 창고에서 절도범을 붙잡았다는 신고가 왔다. 형사가 달려가자. 안면이 있는 사나이가 묶여있었다.

「아니, 자네는 기관사인 김 군이 아닌가? 그때의 열차 사고 이후 보석으로 풀려난 것으로 알고 있는데…….」

김 군은 눈물이 글썽해서 대꾸했다.

「내 실수로 24명이나 희생 되었지요 그래서 그 속죄를 하기 위해…….」

「속죄를 무엇으로?」

「이 콘돔 2통에 바늘구멍을 뚫어 놓으려 했던 것입니다.」

신혼여행을 가는 딸을 전송 나온 어머니가 공항 로비의 기둥 그늘로 딸을 데리고 가서는 이렇게 말했다.

「알겠지? 어제 밤에도 얘기한 것처럼 오늘밤도 허벅지를 딱 붙이고 가까이 오지 못하도록 해야 해. 그래도 뚫고 들어오면 '아파요' 하고 우는 거야. 그래야 들통이 나지 않으니까.」

하고 다짐을 주었다.

한 처녀가 신혼 초야에 신방에 들지 않겠다고 고집을 부렸다. 할 수 없이 유모가 업다시피 해서 겨우겨우 신방 앞까지 왔는데 문 앞까지 와서 유모가 문을 잡아 당겨도 영 열리지가 않았다.

신부는 수줍은 나머지 안 들어가겠다고 고집을 부렸지만 내심은 그게 아닌지라, 그녀는 참다못해 문고리가 아닌 지도리를 자꾸 잡아당기고 있는 유모에게 말했다.

「난 문이 열려도 들어 가지 않아. 하지만 유모가 당기고 있는 건 문고리가 아니라 지도리지 뭐여.」

일찍이 아내를 잃은 사나이가 벽 하나를 사이에 두고 젊은 부부와 살고있었다.

「여보, 이웃에 혼자 사는 분이 있잖아요?」

「그래서…….」

「우리 좀 자중해야 하겠어요. 여지껏 생각이 거기에 미치지 못했지만…….」

「그래서 횟수를 줄이자는 게요?」

「네, 4회에서 3회로 줄입시다.」

「그것도 좋겠지.」

그래서 젊은 부부는 그날 밤을 세 번으로 만족했다. 그러자 잠시 후 벽을 두드리는 소리가 들리더니,

「빨리 4번 것을 끝내시오. 그러지 않고는 잠을 잘 수가 없소.」

얼룩말이 사회견학을 하려고 우리에서 도망쳤는데 우선 젖소를 만났다.

「넌 무슨 쓸모가 있지?」

하고 물었다.

「난 우유를 생산하지.」

하고 대답했다.

다음엔 양을 만나 같은 말을 물으니,

「난 털실을 생산해」

하고 대답했다.

세번째는 훌륭한 말을 만나 묻자 말은 얼룩말의 주위를 한 바퀴 빙글 돌더니,

「그 파자마를 벗으라고. 그럼 나의 쓸모를 가르쳐 줄 테니까.」

하고 대답했다.

오성대감 이항복이 젊었을 때의 얘기다. 그는 절에 들어가 양생과 소요를 했다. 그런데 어느 날의 밥상에 찬이 없었다. 오성은 중을 불러 밥상머리에 앉히고는 밥 숟갈을 뜰 때 '게장' 하고 부르게 하였다. 찬이 없으니 그렇게라도 하라는 것이었다. 중은 오성이 시키는 대로 밥 숟갈을 뜰 때마다 '게장'을 외쳐 댔다. 그렇게 대여섯 숟갈을 들도록 재빨리 '게장'을 외치자 오성은 이렇게 말했다.

「게는 짠 음식이니 너무 낭비하지 말게, 그렇게 서둘러 숟갈마다 게장을 낭비할 것은 없어.」

초산의 진통을 견디다 못한 아름다운 아내가 울부짖었다.

「이봐요, 당신. 다시는 내 근처에도 오지 말아요. 이렇게 고통스러워서야! 아이도 필요 없어요. 아아, 다시는…….」

마침내 순산해서 건강스러운 딸아이가 탄생했다. 얼마가 지나고 백일이 가까워지자, 아내는 코 먹은 소리로 졸라대는 것이었다.

「여보. 이번에는 사내아이를 낳고 싶어요. 네, 여보 ….」

주정뱅이는 아내를 장사지냈다. 그리고 폭포처럼 눈물

을 쏟았다.

친구들이 그를 불쌍히 여겨 한 사람이 이렇게 말하며 위로했다.

「자네 그렇게 안달하지 말게. 1~2년이면 어느 여자와 만나 사랑이 싹틀지도 모르지 않는가?」

그러나 그는 울먹이면서 말했다.

「터무니없어. 1~2년 다음이라니! 도대체 오늘 밤부터 난 누구와 자야 좋단 말인가?」

書당에서 훈장이 졸고 있는데 학동들이 소란을 피워 훈장의 단잠을 깨워놓았다. 훈장은 몹시 노한 소리로 학동들을 꾸짖었다.

「나는 방금 어떤 도사를 만나 이야기를 나누던 중이었는데 너희 놈들이 떠들어서 잠을 깨워버리다니…고얀 놈들! 너희들은 꿈속에서나 만나 볼 수 있는 성인이야.」

이튿날이었다. 학동 하나가 꾸벅꾸벅 졸았다. 훈장은 화를 내며 학동을 깨웠다.

「이놈, 훈장 앞에서 졸다니…….」

「훈장님, 저는 성인을 만나보기 위해서 꿈을 꾸었습니다. 그래서 마침 성인을 만나 이야기를 나누던 중이었는데요.」

「그래 성인이 뭐라고 하던?」

「훈장님과는 어제 이야기한 적이 없다고 하시더군요.」

아버지가 시골 장을 갔다가 돌아온 밤의 일이었다. 문틈으로 새어든 바람에 등잔불이 꺼졌다. 아버지가 아가에게 말하기를,

「아가야. 성냥 좀 찾아보렴.」

「난 어두워서 찾을 수 없어요. 엄마에게 찾으라고 해요.」

「엄마라고 어두운데 보이겠느냐?」

「엄마는 보이나 봐요. 늘 이웃집 아저씨가 야밤중에 찾아왔지만, 엄마는 아저씨 수염이 바늘 같다고 했어요.」

신혼부부가 산길을 가다가, 홀연히 나타난 다섯 명의 산적들에게 둘러싸였다. 도둑들은 남자를 나무에 묶고, 차례로 여자를 희롱한 후, 자취를 감추고 말았다. 아내는 남편의 포박을 풀어 주며,

「인 두껍을 쓴 짐승 같은 놈들입니다. 나는 허약한 아녀자의 몸…. 저런 장정들의 힘을 어찌 당하리까. 죽기보다도 더한 괴로움이었나이다.」

아내가 눈물을 비 오듯 뿌리며 푸념을 했다. 그러나 남편은 냉냉한 태도로 윽박질렀다.

「허지만 당신이 처음에는 사색이 되어 저항했지만 마침내는 허리를 흔들지 않았소?」

「아아…. 그때는 정말, '나 죽어' 소리가 입 밖에 나왔을 정도로 괴로 왔나이다.」

미신에 강한 젊은 여인이 점쟁이를 찾았다. 장래의 운명을 알 수 있다고 생각하자 가슴이 뛰었다. 여자 점쟁이는 그녀의 손과 얼굴을 살피더니 엽전을 흔들며 의젓하게 말했다.

「당신은 가까운 장래에 일생을 같이 할 남자와 만나게 됩니다.」

그러자 젊은 여인은 괴상한 소리를 내며 외쳤다.

「근사해! 하지만 지금 남편은 어떻게 하지요?」

주인 양반이 어느 때보다 일찍 집에 돌아와 보니 안방에는 참으로 망측한 국면이 벌어지고 있었다. 머슴 녀석과 마님이 벌거숭이가 되어 한창 운우의 정을 나누고 있는 게 아닌가. 화가 상투 끝까지 치민 주인이 호통을 쳤다.

「이 고얀 년 놈들! 무슨 짓들을 하고 있는 거냐!」

그런데도 머슴 녀석은 태연히 대꾸하기를,

「나리, 난들 어찌하옵니까, 마님께서 무슨 일이나 분부하시는 데로 하라고 이르시기에 소인은 지금 그 분부를 받들고 있을 뿐이옵니다」라고 했다고 한다.

매사에 좀처럼 성내는 일이 없는 한 여인이 살고 있었다. 어느 날 몇 사람의 청년이 모여 그녀를 웃기거나 성내게 할 수 있는지 내기를 했다. 그중 한 청년이 나서며 자신 있게 말했다.

「내가 그녀를 웃길 테니 두고 봐.」

이때 그녀가 개를 데리고 자기 집 대문 앞에 서 있었다. 청년은 재빨리 그녀의 앞으로 다가가서 개 앞에 무릎을 꿇고 태연스럽게 말했다.

「아버지.」

그러자 그녀는 저도 모르게 깔깔거리고 웃어버렸다. 청년은 다시 그녀 앞에 엎드리며 큰소리로 말했다.

「어머니!」

그녀는 갑자기 웃음을 거두더니 몹시 성난 표정을 지으면서 그 청년에게 마구 욕설을 퍼부었다.

여자라는 것에 대해서 아는 것이라고는 눈꼽만치도 없는 사나이가 장가를 들었다. 첫날밤 신부가 리드하는 대로 은밀한 곳에 넣을 것을 넣었다. 그 순간 사나이는 눈이 휘둥그래져서 다급히 그곳에서 몸을 빼고는 옷을 집어 들고 밖으로 뛰쳐나갔다.

그리고 며칠이 흘렀다. 사나이는 조심스럽게 집 근처까지 와서, 이웃 할머니에게 물었다.

「저…할머니. 이집 색시가 아랫배를 찔려 구멍이 난 모양인데, 그 후 어떻게 되었나요?」

「**음**, 급료를 올려 달래야겠는데 사장님께 뭐라고 말해야지?」

하고 한 여비서가 동료에게 상의했다.

「그래…. 지금의 급료로는 팬티도 살 수 없다고 하면 어떨까?」

「어머, 그랬다가는 정말 팬티를 입지 않았느냐고 스커트를 걷어 올리고 조사할 거야.」

기생집에서 흠뻑 즐기고 돌아오는 남편에게 아내가 바가지를 긁었다.

「그런 곳의 여자는 아무나 가리지 않고 수백, 수천의 사내들과 살을 맞대니까 늘어지고 거무죽죽할 텐데, 도대체 뭐가 좋아 그런 곳을 드나들어요!」

「그렇게만 단정할 일이 아니지. 그런 곳의 여자들은 형형색색의 손님을 보기 때문에 기술이 보통이 아니거든.」

「어머 그래요? … 그렇다면 별 것이 아니네요. 좀 더 빨리 말씀을 해주시지 않고… 써 먹지 않으려고 했지만, 제게도 비장의 기술이 얼마든지 있다우.」

놀랄 만큼 아름다운 아가씨가 있었다. 그녀는 유혹하는 대로 그의 방으로 들어왔다. 그리고 옷을 벗기 시작했다. 그런데 그는 돌연 걱정이 되어 물었다.

「너 몇 살이지?」

「열 셋」

그는 당황해서 외쳤다.

「열 셋이라고! 열세 살에 이런 짓을 하다니! 당장 옷을 입고 돌아가 줘!」

그녀는 이상하다는 듯이 웃음을 머금고 말했다.

「어머, 매우 미신적이군요! 그렇다면 나이의 일은 잊어버려요.」

어린 나이에 장가를 든 사나이가, 고향을 떠나 멀리 타향에서 돈벌이를 하고 있었다. 그러나 집의 부친과 아내 사이에 무슨 일이 있지는 않을까 늘 조마조마 했다. 따라서 고향사람이라도 만나면, 인사도 제쳐 놓고 물었다.

「고향에 별다른 일은 없는지요? 숨기지 말고 말해 주십시오.」

고향사람이 말했다.

「나흘 전 세 사람이 벼락을 맞아 죽었다오. 모두가 며느리를 건드린 시애비들이었답니다.」

「그래, 우리 아버지는?」

「안심 하십시오. 댁의 춘부장께서는 멀쩡하십니다. 그러나 당신 할아버지께서 세상을 떠나셨답니다.」

「그럼, 할아버지가…….」

옛날에 한 재상이 나이 50이 넘어 처음으로 첩을 하나 얻더니, 그녀를 총애하며 매일 그녀에게 흰 머리를 뽑게 하였다. 그런데 하루는 마침 첩이 출타중이어서 부인에게 그 일을 청했다.

「내 머리카락이 이렇게 점점 희어만 가니 죽을 날도 머지 않은 모양이오. 더없이 미운 것이 이 흰 머리카락이니 그걸 좀 뽑아 주오.」

재상이 침상에 드러누워 눈을 스스로 감고 흰 머리카락만 뽑고 있었다.

재상이 눈을 뜨고 머리를 거울에 비추니 가히 재상의 머리는 백발 일색이었다. 이렇게 해서 노 재상은 처와 첩은 지아비 사랑이 현저하게 다르다는 것을 깨닫고 백설 같은 머리를 어루만지며 흡족해 했다.

어느 날 한 사나이가 푸줏간 앞을 지나가다가 보니, 마침 가게 안에는 아무도 없는데 밖에 큼직한 암소 갈비 한 짝이 걸려 있었다.

「가지고 도망치자!」

하고 갈비를 집어 들고 막 그 자리를 떠나려는 순간 잠깐 화장실을 다녀온 푸줏간 주인이 가게로 나오면서,

「아니, 저기 걸어놓았던 갈비 한 짝이 어디로 갔담!」

하고 주위를 두리번거리며 살핀다. 도둑은 흠칫 놀라 갈비짝을 등 뒤에 감추고 우물거렸다. 이것을 보고 푸줏간 주인이 몹시 수상쩍게 여겨,

「여보시오, 여기 걸렸던 갈비 못 보았소?」

하고 다그치자, 다급해진 도둑이 손에 들었단 갈비짝을 입에다 물고,

「여보시오, 고기를 가게 밖에 걸어 두었다가 잃어버리면 어디서 찾으려고 하시오. 이렇게 입에 물고 있어야 안전하지요.」

하고는 그곳을 재빨리 도망쳐 버렸다.

밭일을 하다가 피곤해서 잠시 돌베개를 벤 여인이 있었다. 때는 늦봄, 춘색이 화창한 무인지경--과객이 지나다 보니 치마 끝으로 조개가 삐끔이 내다 보이 길래 와락 덤벼들어 고기 방망이를 물렸다. 기겁을 한 여자는 소리를 지른다.

「도적이야! 도적이 날 죽인다. 도적이 날 죽인다 ….」

그래도 과객은 일만 한다. 운우가 무르녹을 때, 여인은 눈웃음을 치며 말했다.

「도적아 저녁 먹고 가라, 도적아 저녁 먹고 가라.」

첫날밤을 맞이해서 옷을 벗으라는 성화같은 신랑의 재촉을 받은 신부는 입장이 난처한 표정을 지었다.

「그건 아니 됩니다. 저는 어머니로부터 여자는 경솔히 옷을 벗는 것이 아니라는 가르침을 받았사옵니다. 그런데도 당신은 저에게 옷을 벗으라고 하시는군요. 어머님은 남편이란 하늘과 같은 것, 순종해야 한다고 가르치셨습니다. 아아, 저는 어찌해야 좋을 지요.」

자못 애절하게 하소연을 했다. 그러나 신랑은 그런 잠꼬대 같은 말은 아랑곳하지도 않고 옷을 벗으라는 성화가 빗발 같았다. 드디어 신부에게 좋은 묘안이 떠올랐다.

「알겠습니다. 이렇게 하면 되겠지요. 아랫도리만 벗으면 양쪽의 의리를 지킬 수가 있겠지요.」

「**난**, 아내 운이 나빠.」

50을 넘은 신사가 털어놓았다.

「처음의 아내는 자동차 세일즈맨과 도망쳤고, 다음의 아내는 슈퍼마킷의 젊은 녀석과 배가 맞아 버렸고, 세 번째 아내는 여러 남자와 노닥거려 골탕을 먹였지. 그런데도 또 이번 여자는 도대체 말이 안 돼.」

「그녀도 자네를 괴롭히고 있는가?」

「아냐, 내가 아무리 괴롭혀도 나갈 생각을 않는 거야. 천하의 옹고집이지!」

남성을 여러 명 거쳐서 많은 경험을 쌓은 여자가 그것을 숨기고 숫총각과 결혼했다. 그리하여 첫날밤의 인연을 맺었지만 뒤가 캥겼다. 그래서 씩씩거리고 있는 남편의 기색을 살피며,

「당신은 아직 …?」

「아니, 지금 끝냈어.」

남편이 기진맥진해서 대꾸하자 여자는 갑자기 얼굴을 일그러뜨리고, 거친 숨소리로 말했다.

「아, 아…나두 …….」

젊은 남녀가 해변가의 작은 모래밭에서 희롱을 하고 있었다. 돌연 사내가 물었다.

「잘 되고 있지?」

「아녜요, 지금 자긴 모래를 문지르고 있는 거예요.」

「그럼 조금 방향을 바꿔야겠군. 이러면 어때?」

「아직 모래여요.」

「제기랄, 이번에는 어때?」

「잘 했어요.」

「그래? 하지만 나는 아직도 모래를 문지르고 있는 것처럼 저그럭 거리는데?」

그녀는 아름다운 처녀였지만 연인이 전쟁터에서 전사하여 고독에 울고 있었다.

마침내 그녀는 자살을 하려고 알몸이 되어 권총을 가슴에 겨누었다. 하지만 아름다운 유방의 부풀음을 찌부러뜨리는 게 슬퍼서 총구를 숙여 배로 가져갔다. 하지만 사랑스럽고 매끈한 허리를 망그러뜨리는 것이 섭섭해 다시 총구를 배꼽 밑으로 숙였다. 그러자 자신도 모르는 사이에 총신이 깊이 들어가 버렸다.

이건 곤란하다고 몇 번이나 뽑아내려하고 있는 동안에 그녀는 이상하게도 살 희망을 되찾았다.

어느 음식점에서 남자 심부름꾼을 여자로 바꾸었다. 뿐

만 아니라 순금으로 만든 냄비에 전골을 익히는 냄비요리
가 대단한 호응을 일으켜 그 음식점은 순식간에 대성황을
이루었다.

그리고 또 놀라운 것은 미녀 급사들이 식탁의 주위를 빙
빙 돌며 손님의 곁을 한시도 떠나지 않고 서비스를 해주는
것이었다. 너무나 지나친 시중에 오히려 손님 쪽에서 귀찮
게 여기며,

「나는 이제 시중들게 할 것이 없으니까 다른 좌석으로 가
보지 그래.」

하고 말을 하자, 이 미녀 급사는 웃으면서,

「아닙니다. 저는 손님이 지금 잡숫고 계신 그 금 냄비를
경비하는 게 제 임무랍니다.」

어느 벼슬아치의 집에서 한 쌍의 노복과 노비를 결혼시
켜 주었다. 노복은 처음이었지만, 노비는 상당한 기술자였
던 모양이다.

마침내 이불 속에 들어가 사내가 여자의 몸속으로 혈기
가 등등한 그것을 슈트하는 순간,

여자가 신음소리를 하며 몸을 꼬았다. 그러자 사내가 움
직임을 멈추고는,

「그게 무슨 소리야! 노비 주제에 무엄 하게스리……」

하고 호되게 꾸짖었다.

신혼의 밤. 한 차례 애무가 벌어지다가 신부가 느닷없이 위로 올라왔다. 그는 엉뚱하게 혼방이 걸렸다고 후회를 하고 있는데 일은 그대로 속행되었다. 그런데 일이 막 끝나고 보니 그녀는 틀림없는 처녀였다.

그래서 그는,

「당신은 훌륭한 처녀인데 왜 처음부터 그런 대담한 포즈를 취하지?」

하고 물었다 그러자 신부는 놀라서,

「어머 잘못 됐나요? 어머니가 아버지와 할 때 언제나 위로 올라가기에 나는 그렇게 하는 것으로만 생각했어요」

그는 대단한 미남인데 근데 목구멍이 아파 소리를 잘 낼 수가 없었다. 그래서 의사를 찾아 초인종을 눌렀다. 중년의 부인이 문을 열었다.

「선생님 계십니까?」

하고 그는 들릴락말락한 소리로 물었다. 그러자 부인은 윙크를 하며 역시 들릴락말락한 소리로 대꾸했다.

「진찰 나가셨어요. 그러니 빨리 들어와요.」

캥거루의 질은 두 개가 있다. 다른 동물과 마찬가지로 아래쪽에 위치해서 외견상으로는 하나로 보이지만 둘로 나뉘어져 있었다.

한 물건으로 두 개의 맛을 보니 수놈은 행복하다고나 할까? 그런데 인간은 어떤가? 인간도 두 개의 냄비를 가지고 있는 여성이 있는데 대부분 성생활을 시작한 연후에나 알게 되는 모양이다. 이 두 개의 냄비에 두 종류가 있어 외질은 하나이고 내부에서 둘로 갈라진 것과, 거꾸로 외질은 둘이나 내부는 하나로 귀납된 것이 있다. 이러한 여성과 관계를 할 때는 양쪽 냄비를 사랑해 주어야지 한쪽에만 치우쳤다가는 다른 한쪽이 퇴화될 우려가 있다.

한 사나이가 친구에게 와서,

「이봐, 자네는 젖이 배까지 늘어진 여자를 좋아하는가?」

「아니.」

「그럼, 허벅지가 물렁물렁한 소시지 같은 여자가 좋은
가?」

「아니.」

「말이 많은 여자가 좋은가?」

「아니.」

「그럼 어째서 내 아내를 유혹하는 거지?」

인기배우 L양이 간통죄로 본처에게 고발당한 끝에 드디
어 이혼하고 L양과 결혼한 모회사 사장이 있었다. 이건
「선데이 서울」에나 오르는 파란만장의 해피엔딩 케이스.

그런데 진의 시(始) 황제는 남자의 간통을 엄히 다스리는
법령을 만들어 만천하의 여성들의 갈채를 받은 일이 있다
고 한다. 그 법령의 내용에는 '남편이 다른 여자와 간통을
했을 경우 이를 죽여도 죄가 되지 않는다' 라는 조문이 있
었다. 더구나 부칙으로 간부를 죽일 수 있는 권한을 황제
나 치족뿐만 아니라 주위에 있는 타인도 죽일 수 있다고
했으니 섣불리 여자를 넘봤다가는 목숨이 왔다 갔다 할 판
이었다. 그러나 예외 없는 규칙이 없다고 진시왕만은 예외
였으리라.

「으」

안주인에게 늑대의 모습으로 변장하고 덤비는 색한은 어금니를 내밀고 소리쳤다.

「너는 머리부터 먹을 거야!」

「안 돼요.」

안주인이 말했다.

「요즘 늑대는 섹스도 안 하나?」

한 마리의 벼룩이 발기한 채로 위를 보면서, 튀어서 강을 내려오는 도중, 휘파람을 불고 배가 오갈 때만 걷어 올리는 다리를 열려고 했다.

몽정은 사춘기에 나타나는 현상이다. 그러나 기성인도 여성을 접한 기간이 길수록 몽정을 하게 된다. 그러나 클라이막스에 도달하기 전에 감미로운 꿈에서 깨어나 버리면 아쉽기가 비할 데 없어 심통이 날 지경이다.

그러면 단꿈을 끝까지 꿀 방법은 없을까? 모 의학 박사는 다음의 3가지 단계가 효력이 있다고 했다.

① 잠들기 전에 정신통일을 시킨 다음 꾸고 싶은 내용의 꿈을 일곱 번 입 밖으로 내어 반복한다.

② 몸을 편하게 눕는다.

③ 졸음이 오면 다시 한 번 꾸고 싶은 꿈의 내용을 머리
   속에 그려본다.

바람둥이로 평판이 나있는 미인을 아내로 둔 대마도 섬
의 남자가 임종을 목전에 두었다. 그는 가쁜 숨을 몰아쉬
며 아내에게 물었다.

「아이들이 모두 내 아들인지 아닌지 가르쳐 주오. 난 곧
죽을 테니 사실대로 이야기해 주오.」

「알겠어요. 말 하겠어요 하지만 당신, 정말 곧 죽겠지
요?」

일본에서는 천둥이 요란하면 모기장 속으로 들어가는
풍습이 있다.

현대 과학의 힘을 빌자면 말도 안 되는 소리겠지만, 성
과학적인 차원에서 생각해 보면 천둥은 옛날부터 여성을
흥분시키는 작용을 한다고 한다.

유명한 중국의 문헌에도 천둥번개가 요란한 날의 정사
장면이 나온다. 이런 관점에서 파고든다면, 천둥이 요란하
니 모기장 속으로 들어가고, 천둥소리에 흥분한 여성이 무

섭다는 핑계로 남자의 품 안으로 파고든다면 얘기가 허무맹랑하지 만은 않은 모양이다.

젊은 사내가 첫날밤의 일을 시작하기 전에 새 색시를 끌어안으며,

「만일 당신이 결코 결혼 전에 내 말을 들었으면 난 결코 당신을 아내로 맞아들이지 않았을 거야.」

그러자 새 색시가 대꾸했다.

「어머나, 전 그렇게 바보가 아녜요. 이미 그렇게 했다가 세 번이나 속았거든요.」

식품점에서 여주인이 이거야말로 근사한 것이라고 원숭이의 엉덩이 통조림을 권했다. 그런데 이건 진품이라고 생각하고 집에 돌아와 부지런히 통조림을 뚜껑을 열었더니 통 속이 텅 비어 있었다. 화가 나서 당장 그걸 들고 식품점으로 달려가 항의하자 여주인은 태연히,

「그래요? 하지만 그건 우리 책임이 아닙니다. 엉덩이의 어떤 구멍에 해당된 모양이니 당신이 불운했던 거예요」하고 말했다.

히스테리하면 성적으로 만족을 못 느끼는 여성이나 올드 미쓰의 전매특허로 생각하기 쉽지만, 실은 히스테리의 근원은 그리스어의 휴스테라, 즉 「자궁」에서 유래한 말이다.

하기야 히스테리 증상이 명적일 정도의 자기중심적인 행동은 여성에게 두드러지는 것으로, 현명한 그리스인이 여성의 상징적인 자궁을 끌어다 붙인 것도 일리 있는 말이다. 그러나 노처녀나 조용필의 노래에 자지러지는 소녀뿐만 아니라, 남자도 히스테리는 자주 발생한다. 즉, 전쟁터에서의 공포에 의한 졸도, 실성 또는 난청(難聽)의 증상에 빠진 군인이 싸움이 끝나면 다시 정상으로 되돌아온다. 공포의 도가 지나치면 히스테리 증상 역시 발작적이어서 스스로 허파에 바람구멍을 내기도 한다.

「내일은 성묘 갈 테니 새벽밥을 지어라.」
분부하고 그날 밤을 안방에서 지내려고 주인은 일찌감치 문을 닫아 걸었다.

하녀가 새벽같이 밥을 지어 놓고, 상전님이 기침토록 기다렸으나 도무지 소식이 없었다. 동이 터와도 감감하다. 하녀는 주인의 동정을 살피러 갔다가 창 밖에서 엿들으니, 그 일이 한창인 듯 소리가 괴상하다. 괜스리 잠 못자고 일

어나서 할 일 다 해놓고 마루에 걸터앉았으려니 심심하기
짝이 없었다.

마침 닭들이 홰에서 내려와 암수가 흘레질하기에 바쁘
다. 그것을 바라보던 하녀가 무심코 한다는 소리가,

「닭아 닭아, 너도 성묘 가니?」

어느 팔난봉 선비가 기생집에 출입하였다. 그 아내가 바
가지를 긁었다.

「남정네가 안사람을 박대하고 기생집 계집만 혹하니 이
럴 수가 있습니까?」

선비가 대답한다.

「허허, 모르는 소리 말아요. 안사람은 서로 공경하고 서
로 아끼는 법이라우. 받들기는 하되, 함부로 다루지는 못
하는 법이지. 기생쯤이야 생각나는 대로 하고 싶은 대로
굴릴 수 있는 거요. 공경하면 멀어지고 마구 놀면 친해지
는 게 당연한 일이지.」

아내는 바락 성이 나서,

「누가 받들어 달랍니까? 누가 아껴달랍니까!」

하고 덤벼들었다.

곧 결혼을 할 미미 양이 그 길의 선배인 깔숙이 언니에게 물었다.

「음, 그때의 느낌이 약혼시절과 결혼한 다음이 어떻게 달라지나요?」

「물론 크게 달라. 소파가 침대가 되고 낮이 밤이 될 뿐만 아니라 아무리 시간이 걸려도 태연하니까.」

여성의 오르가즘에는 3가지 경우가 있다.

첫째, 흥분을 하면 오르가즘에 급격히 도달하며, 잘만 자극해주면 몇 번이고 오르가즘을 얻게 할 수가 있다. 이 여성은 성감이 민감한 오르가즘 다발형 여성이어서 애무만 해도 정점으로 튀어 오르는 여성이다.

두 번째, 오르가즘까지의 도달 시간은 길지만, 미약한 오르가즘이 장시간 지속되는 타입으로 조루증세의 남성과는 궁합이 맞지 않는다.

세 번째, 번개 불에 콩 볶아 먹는 여성으로 순식간에 오르가즘에 도달했다가 곧 사라져 원점으로 되돌아간다.

학생 상대의 하숙을 치고 있던 주인아주머니가 어느 정전이 된 밤에 하숙생 누구인가에게 겁탈을 당했다. 그것을 들은 주인은 화가 나서 아내를 닦달 했지만 하숙생은 16 명, 범인은 짐작조차 가지 않았다.

그런데 그로부터 3주 후에 아내가 보고했다.

「여보, 알았어요. 그날 밤의 범인을 알았어요.」

「누구야, 그 녀석이!」

「32호실의 M학생이에요.」

「뭐, 그 축구 선수? 그런데 그걸 어떻게 알았지?」

「나도 궁금해서 이 잡듯이 한 사람 한 사람 부닥쳐봤어요 그랬더니 M학생이란 것을 곧 알 수 있었어요」

농사꾼 내외가 함께 들에 나가 일하던 중 피곤하여 그만 밭두렁에 누워 잠시 쉬고 있었다. 그런데 걷어 올린 치맛자락 사이로 아내의 허벅다리가 보이는 것이 아닌가. 갑자기 욕정을 느낀 남편이 잔디 위에 누운 아내를 와락 끌어안고 일을 벌였다.

급히 서둘러 일을 끝낸 다음 주위를 살펴보니 닦을 만한 것이 없었다. 남편이 애가 타서,

「여보, 어떡하지?」

「그대로 누워 햇볕에 말려야죠.」

「그게 좋겠군.」

그리하여 두 사람은 바로 누워 햇볕에 말렸다. 아내는 곧장 일어나 일을 시작하자, 남편이 또 물었다.

「여보, 벌써 말랐단 말이오?」

아내가 태연스럽게 대답하는 말이 걸작이다.

「당신 것은 통째로 말리니 늦겠지만 나야 쪼개서 말리는 것이니 금 새 말랐지요.」

같은 수박도 모양과 색깔이 다른 것처럼, 여성의 생리현상도 각양각색 여러 가지가 있다. 한 달에 두 번 있는 바쁜 여자가 있는가 하면 40일 주기의 여성도 있다. 이렇게 생리 터울이 긴 여성은 몸에 이상이 있거나, 임신이 아닐까 하고 불안해한다. 그래서 손님을 본 순간의 기쁨은 남다른 것이 있는 모양이다.

그런데 생리현상이 전염한다는 설이 있다. 특히 생리일이 가까운 여성이 친구일 경우 한 사람이 손님을 보면 도미노이론을 따라 차례로 손님을 본다.

한 집안에 딸만 셋일 경우에는 어머니까지 여자가 네 명. 그들의 보가 일제히 터지면 온 집안에 비린내가 진동을 한다. 그런 고통을 모르는 가장은 얼마나 한스러울까?

홍풍의 처는 음모가 많았다. 겨울밤, 얼음 위에서 오줌을 누다가 털이 얼음에 바짝 얼어 붙어 일어설 수가 없었다. 소리를 버럭 지르자 풍헌이 놀라 뛰어나와 보니 꼴이 고약했다. 엎드려 후후 입김으로 녹이려 들다가 홍의 긴 수염 역시 얼어붙고 말아 일어설 수가 없었다. 홍의 입과 처의 거기가 맞붙어 요절할 꼴로 새벽을 맞이했다. 마침 김 약정이 와서 문 밖에서 불렀다.

「관사가 비록 중하기는 해도 해동 전에는 출입은 못하게 되었네. 임자가 들어가서 상관께 잘 여쭙게. 내년 봄에는 벼슬이 몇 등급 떨어져도 군말 않겠네.」

썩 꺼지도록 소리쳤다.

어느 시골집에 경사가 있었다. 며느리가 잘 생겨서 대단히 기뻤다. 아들이 어려서 혹 실수할까 그것만이 걱정이었지만 혼인날이 지나 며느리는 친정을 갔다가 사돈과 함께 왔다. 잔치를 베풀고 이웃을 청하였다. 신랑이 자리에 나왔다가, 색시를 손가락질하며 떠들었다.

「저 가시나가 갔다가 또 왔네. 일전에 커다란 팔로 나를 꼭 껴안고 다리로 감아서 누르더니 그것을 찍찍 빨잖아. 밤새도록 못 살게 배 위로 오르락내리락하며 씩씩거리더니 또 왔구나.」

하고 밖으로 뛰어 나갔다. 만좌의 손님은 사돈 얼굴 봐서 아무 말도 못 들은 척 술잔만 들었다.

페니스의 발기력을 보다 강하게 지속적으로 단련시키기 위한 발기력 강화법이란 게 있다.

홍콩이나 동남아에 흩어져 있는 중국인들은 정력증진소에서 이러한 훈련을 쌓는다. 또한 발기력 강화를 위해 은연중에 장려하고 있다.

그 방법은 저울추를 페니스에 매다는 것이다. 물론 처음에는 70g 정도 가벼운 것부터 시작해서 조금씩 무거운 것으로 중량을 높여 간다. 아울러 시간도 염두에 두고 가능한 한 오래 매달고 있어야 한다. 그 효과가 바로 발기력 강화와 지속력인 것이다.

가난한 청년이 연인의 부친을 찾아와 결혼 신청을 했다. 부친은 청년의 초라한 옷을 보고 냉담하게 물었다.

「자네 월급은 어느 정도인가?」

「월급이 10만원입니다.」

「10만원? 그런 월급으로는 딸아이에게 내의마저 변변히 사 줄 수 있겠는가?」

그러자 청년은 분연히 대답했다.

「말이 나왔으니까 말입니다만 당신도 딸에게 허름한 내의밖에 입히지 못했지 않습니까!」

어느 얼간이가 자기의 갈색 수염을 들어 매일 같이 뽐내기를,

「나처럼 갈색 수염이 난 사람치고 약질(弱質)은 찾아보기 힘들지. 그래서 나는 이제까지 살아오는 동안 남에게 업신여김을 받아 본 적이 없소.」

이렇게 말하는 그의 앙상한 어깨를 쳐다보고 그의 아내는 속으로 은근히 걱정이 되곤 했다. 어느 날 밖에 나갔다 온 남편의 얼굴이 온통 상처투성이 인데다 온몸이 시퍼렇게 멍까지 들어 있었다.

「아니 여보! 누구하고 싸웠소?」

「응.」

「갈색 수염이 난 사람은 평생 동안 남에게 업신여김을 받지 않는다고 하시더니…. 그럼, 그건 말 뿐입니까?」
「상대방은 얼굴에 온통 빨간 수염이 있었거든.」

한 집에서 첩까지 데리고 사는 사람이 있었다. 하루는 남편이 밖에 나갔다 들어오는데 아내만이 마중 나오고 첩은 보이지 않았다.
「아무개 어디 갔어?」
아내가 마음이 상해서,
「×구멍 빨갛게 들어내고 뒤 껼에서 낮잠 자요.」
남편은 속도 모르고,
「그 구멍은 붉어야지.」
「내건 더 붉어요.」
「너무 붉어도 못 쓰는 거야.」

세상 남성도 천차만별하다. 20살에 결혼해서 42살까지 하루도 거르지 않고 4회 이상 성교한 사나이도 있다. 하기야 중국에서는 1주일에 28회 이상 성교한 예도 있다고 한다. 물론 충동적으로 하루에 5~6회 정도 할 수는 있지만 매일처럼 4회라면 보통일이 아니다.

매일 4회를 지속하자면 성교는 하되, 과연 몇 번 오르가즘에 도달할 수 있는지가 의문이다. 그래서 횟수보다도 단 한 번의 성교에서 만족스러운 포만감을 얻어야 한다.

여자대학을 졸업한 아가씨가 교수의 소개장을 가지고 한 회사의 사장에게 취직을 부탁하러 왔다. 마침 사장에게는 손님이 있어 한동안 기다려야만 했다. 그리하여 그녀는 사장의 여비서와 얘기를 주고받은 끝에,

「사장님 비서로 취직하려고 소개를 받아 왔는데 채용될까요?」

하고 묻자 여비서는 약간 여윈 얼굴을 들고 그녀의 머리 끝에서 훑어보더니,

「네, 채용해 주실 거예요. 사장님은 위궤양을 고치시고 식욕이 왕성해져서 저 하나로 양이 차지 않는 모양이니까요.」

젊은 여자를 한손으로 안고 한 손으로 차를 운전하고 있던 사내를 발견한 순찰차의 순경이 뒤쫓아 와서 차를 세웠다.

「양손을 써요, 양손을!」

그러나 사내가 곤란하다는 얼굴을 하고 대꾸했다.

「하지만 양손으로 이 여자를 안으면 운전을 할 수 없지 않습니까?」

맹자는 신혼초야에 이렇게 외쳤다.

「섹스란 최고야! 그리고 여자의 그곳은 정말 멋있단 말이야.」

십년 후 순자(旬子)는 신혼 초야에 이렇게 외쳤다.

「섹스란 최하야! 그리고 여자의 그곳은 차마 눈 뜨고 볼 수 없는 ….」

맹자가 성선설(性善說), 순자가 성악설을 주장했다는 것은 당연한 귀결이라고나 할까.

귀머거리가 길을 가다 날이 저물어 인가에 들려 하룻밤 신세를 지게 되었다. 그러나 갑자기 소금 파는 등짐장수가 역시 이 집에서 머물게 되어 귀머거리와 한 방에서 자게 되었다. 그러나 그가 귀가 먹은 줄을 몰랐었다.

밤이 야심해졌다. 주인 부부가 잠자리서 한 판 하는 것 같았다. 소금장수는 귀머거리더러 너도 저 소리를 들으라고 옆구리를 쿡 찔러댔다. 귀머거리는 아마 이이가 잠결에 이러나보다 하고 옆구리를 찔리고 그냥 잤다.

새벽녘이었다. 주인 부부가 해장을 하는지 역시 심상찮은 소리가 들려왔다. 소금장수는 또 꾹 찔렸다. 귀머거리는 성이 버럭 났다.

「야 이 개자식아. 간밤에 찌르더니, 새벽에도 찌른단 말이야!」

주인은 저희들을 욕하는 줄 잘못 짐작하고 커다란 몽둥이를 휘두르며,

「이 염병할 놈아, 남이야 내외간에 무슨 짓을 하든간에 네놈이 무슨 상관인가!」

하고 마구 때렸다.

귀머거리는 어쩐 영문이지도 모르고 대꾸조차 못하고 도망치고 말았다.

「나 이제 결혼이 싫어서 견딜 수 없어.」

하고 순이가 친구에게 푸념을 했다.

「어째서?」

「바로 반년 전에 결혼하고는 덕배가 한 번도 안아 주질 않아.」

「그럼 이혼해 버려.」

「그게 안 되는 거야. 덕배는 내 남편이 아니니까 말야.」

두 여자가 서로 마주앉아 풀 속에서 명주실을 뽑아내고 있었다. 한쪽에 앉은 여자가 가느다란 실 꾸러미를 들고 하는 말이,

「나는 아직 그 일에 한 번도 만족을 느껴본 적이 없어. 이 실 꾸러미만큼 크고 단단한 연장이 있다면 얼마나 좋을 까?」

하고 탄식조로 말하자 상대 여자가 말했다.

「나 같으면 그것만한 거라면 말랑말랑한 것이라도 상관 없겠어.」

「그까짓 맥도 못 추는 것이 무슨 쓸모가 있다고.」

그러자 상대편 여자는 고개를 설레설레 저으며,

「그 말랑말랑한 것이 성이 나 보라 구. 그 실 꾸러미 정도 겠어. 두 배나 더 크게 되지.」

하고 얼굴을 붉혔다.

일본의 호화선으로 태평양을 건넌 일본 여배우의 일기에 이렇게 적혀있었다.

화요일, 아무 일도 없었음.

수요일, 선장과 만났다. 스마트한 미남자였다.

목요일, 선장이 자꾸만 내 마음을 사로잡았다.

금요일, 선장과 오랫동안 갑판을 산책했다.

토요일, 선장은 내가 자기의 희망에 따르지 않는다면 배를 침몰시키겠다고 말했다.

일요일, 선내 안식.

월요일, 나는 8백 명의 생명을 구했다.

도둑이 과부 혼자 사는 집을 털기 위해 들어갔다가, 반나체로 자고 있는 과부를 보자 그만 생각이 달라졌다. 잠결에 몸을 짓누르는 중압감에 눈을 번쩍 뜬 과부는 웬 사나이가 자기의 몸 위에서 씨근거리고 있자 소스라치게 놀라서,

「누구요!」

하고 소리를 쳤다. 도둑은 엉겁결에,

「난 도둑이오.」

하고 대답하면서 몸을 일으키려하자,

「안 돼요, 지금 일어나면 빠져버리고 말잖아요!」

어느 중 하나가 길을 가다가 여인을 만났다. 한차례 건드려 주고 싶었으나 별 재주가 안 나는 지라. 슬슬 뒤를 따르니 허벅지 궁둥이가 벌름 거렸다. 중은 소리쳐 꾸짖었다.

「어째 방귀를 뀌오?」

「무슨 말씀을 그리 하우. 여자라고 만만히 보고 그러는 게요?」

「누가 안 그랬는 걸 트집 잡소? 내가 뒤에 오는 걸 보고 일부러 한 짓이지?」

「뭐요? 경우 없는 말 가지고 누구를 어떻게 하겠단 말이오.」

시비가 벌어져 중과 여인은 나무 밑에서 서로 따지기 시작했다. 중은 더 참지 못해서 와락 덤벼들어 압지극음(押之極淫)했겠다.

일을 끝내고 돌아오는 길에 여인은 중더러 말했다.

「스님 또 뀌었어요.」

패션모델이 연인에게 물었다.

「당신, 내가 이렇게 근사한 옷을 입고 있지 않아도 사랑해 줄 거예요?」

「그거야 보지 않고는 모르지. 어디 휠휠 모두 벗어 보라 구.」

젊은 녀석들이 둘러 앉아 외색한 일을 자랑하는데, 한 녀석이 말하기를,

「내 형님집에 동비가 있는데 참 잘 생겼단 말이야, 그래서 살살 꼬여가지고 바깥사랑으로 데리고 나가 마악 일을 치르려고 다리를 드니깐 형이 나왔어. 그래서 그만이야.」

만장이 박장대소 하였다.

윤서방 내외가 밤일을 한창하고 있었다. 그러나 그 일에 너무 열중한 나머지 곁에 자고 있던 아들놈을 이불 밖으로 밀쳐내고도 그 일에만 열중했다.

어린 아들이 놀라 잠에서 깬 다음 이불 속으로 다시 들어가지 않고 호롱불만 쪼이고 앉아 있었다. 이윽고 일을 끝낸 내외는 아들이 앉아 있는 것을 발견하자 깜짝 놀라며,

「너 왜 거기 앉았니? 빨리 이불 속으로 들어와! 그렇게 앉아 있으면 감기 든단 말야.」

그러자 아들은 고개를 내저으며,

「싫어! 이불 속은 바람이 들어서 감기가 더 든단 말야!」

하고 말했다.

한 할머니가 한 여름날 서답질을 하고 있었다. 떨어진

속옷을 걸치고 꾸부정 하게 서서 ….

때마침 촌놈이 지나가다, 암컷의 입이 그 멀듯이 보이 길래 와락 달려들어 연장을 드리 밀었다. 일을 치르고 난 후 후다닥 빼내곤 도망을 쳤다. 할망구가 방망이를 휘두르며,

「이 망할놈의 개자식아, 천하잡놈아, 어디에 무얼 넣는 게냐?」

마구 호령이다. 놈 팽이가 돌아다보며 놀려 댔다.

「할미야, 할미야, 그게 ×이 아니고 내 손가락 이었어.」

그래도 막무가내다.

「이놈아 네 손가락은 세 칸 드리 기둥이냐, 아직도 감칠 맛이 남았구나.」

「또순아, 한 번이라도 좋으니까 키스해 줘. 난 네가 좋아 참을 수 없어.」

서숙 대학 2년생인 말코가 신입생인 또순이에게 필사적으로 설득을 했다.

그러나 또순이는 얼굴을 돌리고 내뱉듯이 말했다.

「싫어! 한 번으로 좋다는 그런 야심이 없는 사람, 난 질색이야. 넌 한국 남자가 아니야.」

어느 돌팔이 의사가 아들딸 두 남매를 낳고 화목하게 살아가고 있었다. 그런데 어떤 집의 아들을 잘못 치료하여 죽이고 말았다. 그 보상으로 그는 자기의 아들을 주었다.

이제 집에는 두 내외와 딸만 남게 되어 내외가 서글픈 마음을 되씹고 있을 때 한 사나이가 찾아 왔다.

「우리 집에 진료 좀 갑시다.」

「환자는 누굽니까?」

「제 아내인데요.」

그러자 이 돌팔이 의사는 자기 아내를 힘없이 바라보며,

「여보, 이번에는 당신 차례군.」

하고 말했다. 이 소리를 들은 아내는,

「조심해서 치료하면 그런 탈이 없잖아요.」

「그게 뜻대로 안 된단 말야.」

「제 걱정은 마세요. 환자의 남편이 무척 미남인 걸보니 마음이 놓이네요.」

벽돌 대학에서 윤리시간에 교수가 학생의 풍기문란에 분개하여,

「이 클라스의 여학생 중에 하나라도 처녀가 있는가!」

하고 개탄했다.

이 소리에 화가 난 한 여학생이 강의를 마치자, 곧 산부

인과로 달려가 처녀증명서를 받아 들고 와서 이튿날 그 교수에게 내밀었다. 하지만 교수는 그 증명서를 힐끗 바라보더니 비웃듯이 외쳤다.

「이게 무슨 소용이 있어? 이건 어제 날짜가 아닌가!」

지하철 속에서 젊은 처녀가 획 돌아서더니 소리를 꽥 지르며 뒤에 서있던 중년의 남자에게 따귀를 때렸다.

중년남자는 빰을 어루만지며,

「내가 무얼 어떻게 했습니까?」

하고 물으니,

「아무것도 안 했어요? 벌써 10분 전부터 내 엉덩이를 치켜 세웠잖아요.」

「허허! 알았어요. 그럼 함께 다음 역에서 내려 호텔로 갑시다.」

어느 농부의 아들이 도시에서 색시를 맞아들였는데 그녀는 굉장한 미인이었다. 그들은 신혼여행을 마치고 집으로 돌아왔다. 처음부터 이 며느리를 탐탁치 않게 여기고 있던 시어머니가 아들을 불러 슬그머니 주의를 주었다.

「내가 보건대 새 아기는 무척 똑똑한 것 같더라. 그러니 너도 처에게 우습게 보이지 않도록 처음부터 길을 잘 들여라.」

어머니의 간곡한 충고를 들은 아들은 씽긋 웃었다.

「걱정 마세요. 어머니. 겉으로는 몹시 똑똑한 것 같아도 제 처는 아직 아무것도 모르더군요.」

하며 무엇을 생각했는지 이렇게 덧붙었다.

「글쎄 첫날밤에 침대에서 베개를 허리에 깔고 있지 뭡니까? 그래서 그것은 머리에 베는 것이라고 제가 가르쳐 주었을 정도라니까요.」

아직 팔팔한 중년부인이 두 아이에게 천연두 주사를 맞히기 위해 의사를 불렀다. 부인은 주사를 맞자,

「내게도 주사해 주시지 않겠어요?」

「물론입니다, 부인」

그녀는 스커트를 걷어 올리고 희뿌였고 탄력 있는 넓적 다리를 드러내 놓았다. 거기에 고양이란 놈이 냉큼 뛰어들었다. 그것을 보고 부인은,

「선생님, 내 이 암고양이에게도 주사해 주세요.」
하고 말했다. 그러자 의사는 당혹해서 손을 흔들며 대답했다.
「터무니없어요. 내 나이로는 아무래도 힘들어요!」

「**심**부름을 하기 싫다니. 넌 똥강아지만도 못하구나.」
어머니에게 야단맞은 아들은 친구들과 한참 신나게 놀던 판이었으나 하는 수 없이 할머니 댁에 심부름을 갔다. 그런데 그날 밤 꼬마가 잠들 무렵 안방에서 이런 속삭임이 들려왔다.
「여보, 그렇게 뒤에서 하는 건 싫어요.」
그러자 아이의 눈이 번쩍 빛나더니 벌떡 일어나 쏜살 같이 부모의 침실로 뛰어 갔다.
「엄만 바보야 강아지보다 못하네. 그런 것은 우리 강아지도 얼마든지 할 수 있단 말이에요! 엄마는 강아지보다도 못하군요!」

시골의 젊은이가 부녀 추행죄로 기소되어 법정에 섰다. 목격자는 열 살 밖에 되지 않은 어린아이였다. 그 아이를 불러서 본 것을 자세히 이야기하게 했더니,

「이 아저씨가 저 아주머니를 붙잡고 스커트를 머리끝까지 걷어 올렸어요.」

「그러더니 팬티를 벗기고 땅바닥에 넘어뜨리고 위에 올라 탔어요.」

「그래서 어떻게 했지?」

「그리고는 엉덩이를 흔들기 시작하기에 나는 저리 가라는 신호라고 생각해서 저쪽으로 갔으니까 그 다음 일은 아무것도 못 보았어요.」

어떤 마을에 부자가 살고 있었다. 그는 나이가 60이 넘었는데도 여자라면 침을 질질 흘리는 위인이었다. 하인들을 시켜 쓸 만한 처녀들은 모두 돈으로 끌어오게 하였으니, 그의 후원에는 많은 소실들이 득실거렸다. 그래도 마음이 차지 않는 그는 또 다른 여자를 원했으므로 이에 짜증이 난 하인이 꾀를 내어 기생집을 찾아 갔다.

그리고 단골 기생을 살 살 꾀여 늙은 부자에게 갖다 바쳤다. 그리고 그는 그녀의 하문(下門)을 좁게 한 다음 북경에서 데려온 처녀라고 속였다.

이윽고 부자는 여인을 달래어 관계를 하려고 했으나, 이게 어찌된 일인지 여자의 하문이 너무나 좁아서 속수무책이었다. 그는 내심 더욱 기뻐하며,

「처녀가 틀림없구나! 그렇긴 하지만 너무….」

하고 들여다보니 입구에 실밥이 붙어 있지 않은가.

「실이 여기 왜 있지?」

여자는 이 말에 배시시 웃으며

「그게 뭐 이상할 게 있습니까? 시침질 해놓은 것인걸요.」

여성이 젖는다는 것은 남성의 성기를 원활하게 받아들이기 위한 조물주의 섭리다. 이 물기의 원천이 소음순의 발토린腺이라는 종래의 학설을 어느 의학자가 뒤엎고 말았다. 그것은 흥분 시에 질 벽에서 나오는 다량의 땀이라고 주장하고 있다.

이러한 물기가 여성만이 간직하고 있는 전유물인 것 같으나 실상 남성에게도 있다.

즉, 흥분 시에 여성의 경우처럼 뇨도에서 알카리성의 코파腺 정액이 분비되는 것이다. 양은 여성보다 적으나 조물주는 남성에게도 의젓이 '향연'의 준비를 위한 태세를 갖추고 있는 것이다.

어느 화가가 아트리에에서 아름다운 모델 아가씨와 즐겁게 얘기를 주고받고 있었다. 돌연 열쇠구멍에서 열쇠가 돌아가는 소리가 들렸다. 그러자 화가는 당황해서 이렇게 말했다.

「이거 안 되겠어. 틀림없이 아내야. 서둘러 옷을 벗으라구!」

어느 부자 집의 머슴이 중매로 이웃집의 여종과 짝을 지었다. 예식을 올린 그들은 주인이 마련해 준 신방으로 들어가 첫날밤을 맞이했다.

이윽고 그들 부부는 애틋한 사랑을 주고받았는데 더 이상 참을 수가 없게 된 신부가 괴성을 지르면서 몸부림을 쳤다. 그러자 머슴은 점잖게 주의를 주며,

「이봐요. 조심해요. 누가 밖에서 들으면 부끄럽지 않아?」

하고 말하자 신부는 어떤 결에.

「당신도 주인 영감과 같은 말을 하시는군요.」

하고 머슴의 몸을 끌어안고 몸부림쳤다.

신혼여행의 호텔에서 신부가 행복에 겨워 속삭이고 있었다.

「여보! 앞으로도 지금처럼 절 사랑해 줘요.」

「그거야 물론이지. 난 옛날부터 유부녀를 무척 좋아했으니까.」

신혼의 꿈에 젖어 있던 어떤 사내가 친구 집에 놀러를 갔는데 갑자기 소나기를 만났다. 친구는 그를 만류하며,

「밤도 으슥하니 이렇게 비를 맞으며 돌아가기는 힘들 거야, 그러니 오늘 밤은 우리 집에서 묵고 가게.」

하고 친절하게 말했다. 그러자 그는 친구의 권유를 못이긴 채 하더니,

「그럼, 하룻밤만 신세를 지겠네.」

하며 잠깐 화장실에라도 가는 듯 밖으로 나갔다. 그러나 아무리 기다려도 친구가 돌아오지 않아 걱정하고 있던 참에 온몸이 흠뻑 젖은 그가 돌아왔다.

「외박하면 아내가 걱정할 것 같아 집에 가서 아내에게 말하고 왔네.」

요새 흔한 말로 "한강에 배 지나간다고 해서 표 나랴" 하는 말이 있다. 여성의 성기는 아무리 써도 원상으로 되 돌아 가는 줄 알고 있지만 실상 그렇지가 않다.

우선 첫 경험에서 처녀막이 파열되고 그 흔적만 남는다. 그리고 계속 성관계를 계속하게 되면 처녀막의 흔적마저도 없어지고 만다. 파열되는 것은 처녀막 뿐이 아니고 여성 성기 자체도 매한 가지다. 그 결과 경험이 적은 여성의 질은 잔주름이 선명하고 굴곡이 심하며 신선한 혈액이 돈다.

반면에 경험이 많은 여성은 질의 주름이 마모되고 혈색은 검은 기운을 띤다. 결국에는 우유통처럼 미끈한 외벽만 남은 그릇이 되는데 당연히 그 맛은 떨어지게 마련이다.

그러한 점에서 남성의 그것은 명기가 아닐 수 없다. 아무리 써도 마모될 걱정이 없을 테니까.

여성의 사랑이 살아 숨 쉬는 잠옷으로 섹스의 경험 반도를 알 수 있다고 어떤 심리학자자 말을 했다. 그 심리학자의 설명에 따르면 다음과 같다.

첫째, 바지식 잠옷을 주로 입고 자는 여성은 주로 순결한 처녀들이다.

둘째, 세탁으로 색이 바랜 후들후들한 잠옷도 처녀들이 입는다.

셋째, 세탁 론으로 만든 바지식의 것은 섹스 경험이 그리 많지 않은 여성이 입는다.

넷째, 앞으로 끈을 매게 돼 있는 잠옷은 아직 섹스에 눈을 뜨지 않은 처녀가 즐겨 입는다.

다섯째, 화사한 원피스식 잠옷은 섹스의 맛을 충분히 알거나 현재 뜨거운 사랑을 하며 여관방을 드나드는 아가씨들이 입는 옷이다.

최근 학생들의 센스는 놀라운 정도이다. 그들은 은어의 창조에도 탁월한 지혜를 발동한다. 다음은 명곡 '산타루치아' 를 개사곡으로 지은 것이다.

창공에 빛난 별
무엇을 보느냐
모두 다 자는데
무엇을 보느냐
너와 나만은 내 배를 살짝이 네 배에 대보자.
산 넘듯 올라가 네 배에 대보자.
대체로 이런 뜻이다.

정체불명의 여객기가 바다에 떨어졌다. 겨우 몇 구의 남녀 시체만 건져 올렸다. 사고 현장에서 가까운 병원 지하실에는 이날 바다에서 건져 올린 젊은 남녀의 시체가 놓여 있었다. 인기척이 없는 한밤중에 여자 시체가 말했다.

「여보세요, 옆에 분. 내일이면 태워져버린단 말이에요. 몸이 있는 동안에 한 번만 더…… 네, 어때요?」

그것이 싫지 않은 남자의 시체는 데그루루 몸을 뒤쳐서 필사적으로 여자 위로 올라가 덮어 눌렀다. 잠시 후에,─

「네, 빨리 해요.」

「하고 있지 않습니까.」

「이상해요. 전혀 느껴지지 않는단 말이에요.」

남자는 불룩 튀어 나온 두 눈으로 흘끔 바라보고 있더니,

「이젠 알았소! 이건 당신의 하반신이 아니군요.」

같은 시간에 바다에서는 아직 발견되지 않는 다른 여자의 상반신이, 물고기가 꼭꼭 쪼을 때마다 황홀한 표정을 띠면서 흔들흔들 떠돌고 있었다.

유머 드라마

2006년 1 월 10일 초판 1쇄 발행
20 11년 1 월 10일 초판 3쇄 발행

· 저　자 : 편 집 부
· 발행자 : 김 종 진
· 발행처 : 은 광 사
· 등　록 : 제 18-71호(1997. 1. 8)
· 주　소 : 서울 중랑구 망우3동 503-11호
· 전　화 : 763-1258 / 764-1258

정가　12,000원